# 악마의 음악

OTHER VOICES

경우 勁雨 현대 판타지 장편소설

WISHBOOKS MODERN FANTASY STORY

# 악마의 음악 5

경우勁雨 현대 판타지 장편소설

초판 1쇄 찍은 날 | 2019년 2월 12일
초판 1쇄 펴낸 날 | 2019년 2월 19일

지은이 | 경우
펴낸이 | 예경원

기획 | 위시북스
편집책임 | 이규재
편집 | 위시북스

펴낸곳 | 예원북스
등록번호 | 제396-2012-000132호
등록일자 | 2012. 7. 25
KFN | 제1-370호

주소 | 경기도 고양시 일산동구 호수로 646-24 위너스21II빌딩 206A호 (우)10401
전화 | 031-819-9431 팩스 | 031-817-9432
E-mail | yewonbooks@naver.com

ISBN 979-11-6424-135-4 04810
     979-11-89564-46-9 (set)

# 악마의 음악

5

경우 勁雨 현대 판타지 장편소설

OTHER VOICES

WISHBOOKS MODERN FANTASY STORY

Wish Books

# CONTENTS

◈ 1장 ◈
# 자메이카에서

자메이카 서부 라코비아의 유대인 묘지.

더운 날씨에도 불구하고 검은 정장을 입은 검은 머리의 미남자가 묘지 입구에서 밖을 노려보고 있었다.

그의 옆에는 같은 옷을 입은 금발의 미소년이 걱정스러운 얼굴로 검은 머리의 남자를 올려다보며 말했다

"가마긴 각하. 어쩌지요?"

검은 머리의 가마긴이 금발 미소년을 내려다보다 한 손으로 얼굴을 감싸 쥐며 말했다.

"하아, 왜 하필 자메이카이란 말이냐……. 파이몬, 암두시아스 쪽에는 연락해 봤나?"

금발 머리의 미소년인 파이몬이 고개를 끄덕이며 대답했다.

"연락은 했습니다만, 자메이카는 암두시아스도 뚫을 수 없는 지역입니다, 각하."

가마긴이 고민스러운 표정으로 묘지 입구에서 밖으로 손을 뻗었다. 묘지의 입구에서 밖으로 나가는 경계에 뿌연 회색빛의 반원형 보호막이 가마긴의 손이 닿자마자 스파크를 일으켰다.

치지직!

가마긴이 타는 냄새와 함께 김이 모락모락 나는 자신의 손을 내려다보며 고개를 저었다. 그의 눈에 걱정스러움이 맴돌았다.

"왜, 왜 하고많은 곳 중에 하필 이곳이란 말인가."

파이몬이 가마긴의 손에서 김이 나는 것을 보고 걱정스러운 듯 다가왔다.

"자메이카는 인간 세상에서 가장 많은 천사가 활동하는 곳이 아닙니까? 저희가 들어가지 못한지도 55년이 넘었습니다, 각하."

가마긴이 다가온 파이몬을 힐끗 보며 말했다.

"긴 세월 동안 악마 놈들이 들어가 그 난리를 친 곳이 지금은 악마의 금지가 되다니. 도저히 들어갈 방법이 없겠느냐, 파이몬?"

파이몬이 고개를 저으며 묘지 밖을 보다 눈에 이채를 띄었다. 묘지 밖에 금빛 날개를 가진 천사 한 명이 이쪽의 동태를 감시하고 있는 것이 보였기 때문이다. 가마긴이 파이몬의 눈빛이 달라지는 것을 보고는 천사 쪽으로 고개를 돌렸다. 천사는 가마긴과 눈을 마주치자마자 움찔 몸을 떨었다.

가마긴이 한쪽 손을 올린 후 소리쳤다.

"이봐! 잠깐 이리 와서 이야기 좀 하지!"

천사는 가마긴과 파이몬을 번갈아 보며 두려운 듯한 눈빛을 보냈다.

가마긴이 양손을 들며 말했다.

"절대로 네게 해를 끼치지 않겠다. 여기서 내 이름을 걸고 맹세하지."

천사가 머뭇거리다 가마긴이 자신의 이름을 걸고 맹세하자 주춤주춤 가까이 다가왔다.

고위 악마를 처음 보는지 무척이나 두려운 눈빛을 하며 잔뜩 경계하며 다가오는 천사였다. 가마긴은 천사가 조금 더 다가오자 그를 잠시 지켜보며 경계를 누그러뜨릴 때까지 기다렸다.

천사는 가까이 왔는데도 가마긴이 말을 하지 않자 더욱 긴장하는 듯 보였다.

"이곳에 칼리엘이 와 있나?"

천사가 가마긴의 낮은 목소리를 듣고 목을 움츠렸다가 고개만 살짝 움직였다.

가마긴이 자신을 가로막고 있는 보호막을 손으로 톡톡 건드리자, 다시 스파크가 일었다.

"보시다피, 난 못 들어가니까 겁먹지 말고 대답해. 나는 가마긴이고, 이쪽은 파이몬이다. 네 이름은?"

천사가 머뭇거리다 입을 열었다.

"나, 나는 제 '9계급 엔젤스' 소니아다."

천사의 대답에 가마긴이 여유로운 표정으로 바지 주머니에 양손을 넣었다.

"그래, 소니아. 그럼 지금 자메이카에 '케루빔'급 천사가 와 있나?"

가마긴과 파이몬의 여유로운 모습에 소니아가 식은땀에 젖은 백금발 머리를 매만지며 말했다.

"그, 그래. 계시다. 그 외에 도, 도미니온즈급도 두, 두 분이나 계시니 뚜, 뚫고 들어올 생각은 하지 않는 게 조, 좋을 거다!"

파이몬이 피식 실소를 흘리며 말했다.

"알았으니, 거 떨지나 말고 말하지?"

소니아가 필사적으로 떨리는 손을 부여잡았지만 대 악마 둘 앞에서 다리에 힘까지 풀려 버려 그 자리에 주저앉고 말았다.

그를 본 가마긴이 웃으며 말했다.

"괴롭힐 생각은 없으니 안심해라. 혹시 칼리엘도 지금 와 있나?"

소니아가 앉은 자리에서 겨우 고개를 들고 힘겨운 목소리로 말했다.

"카, 칼리엘 님은 안 계시다!"

가마긴이 한숨을 쉰 후 고개를 숙이고 생각에 잠겼다가 다시 고개를 들며 말했다.

"그럼 혹시 나나엘은 와 있나?"

소니아가 몸을 굳혔다가 떨리는 눈으로 가마긴을 올려다보며 천천히 고개를 끄덕였다. 가마긴이 주머니에서 손을 빼자 그 정도의 사소한 움직임에도 소니아가 화들짝 놀라 뒤로 몇 발짝 물러섰다.

그 모습을 본 가마긴은 손을 천천히 올려 펴 보여주며 다른 의사가 없음을 내보이며 가라는 듯 손짓했다.

"내가 보자고 한다고 전해주겠나?"

소니아가 겁먹은 표정을 감추지 못하면서도 고개를 마구 흔들었다.

"나나엘 님은 바쁘시다! 너희들이 보고 싶다고 볼 수 있는 분도 아니다!"

가마긴이 지긋한 눈으로 파이몬을 돌아보자 파이몬이 장난스러운 웃음을 지으며 오른손을 올렸다. 파이몬의 오른손 위에 검고 불길한 기운이 공 모양으로 뭉치며 주위의 공기를 빨아들였다.

소니아가 공포에 떨며 바라보자, 파이몬이 아무렇지 않게 웃으며 말했다.

"내가 지금 이 보호막을 찢고 나가는 순간 어떤 일이 벌어질까?"

소니아가 다리를 마구 놀려 뒤로 물러났다.

어느정도 거리가 벌어지자 파이몬을 향해 손가락질하며 큰 소리로 외쳤다.

"무, 무, 무슨 짓인가! 지금 여기서 다시 전쟁을 벌일 생각인가?"

파이몬이 고개를 천천히 끄덕이며 웃었다.

"네가, 지금 당장! 나나엘을 불러오지 않는다면 그렇게 되겠지. 그럼 넌 다시 한번 아마겟돈을 일으킨 천사로 기록될 것이고 말이야."

소니아가 파이몬의 말을 듣고는 곧바로 뒤로 돌아 엉금엉금 기어가며 외쳤다.

"자, 자, 잠깐만 기다려라!"

빠르게 사라지는 소니아를 본 파이몬이 만족스러운 웃음을 지었다. 가마긴이 그런 파이몬을 보며 실소를 흘렸다.

잠시 기다리자 멀리서 네 명의 천사가 황금빛 날개를 펼치고 날아오는 것이 보였다.

맨 앞에선 검은 머리의 소녀가 가마긴의 앞에 사뿐히 내려앉아 살짝 고개를 숙였다.

"오랜만입니다, 가마긴 후작님."

가마긴이 손을 내밀어 악수를 청하려 하다 보호막에 가로막힌 후 멋쩍은 미소를 지었다.

"아, 그래 나나엘. 정말 오랜만이군. 잘 지냈나?"

나나엘이 귀여운 미소를 지으며 살짝 무릎을 굽혔다.

"네 후작님. 잘 지냈습니다. 여기는 어쩐 일이신가요? 자메이카는 더 이상 악마들이 올 수 없는 구역일 텐데요. 미카엘 님이 아시면 화내실 겁니다."

파이몬이 무서운 표정을 지으며 으르렁거렸다.

"다 알면서 헛소리는 그만해. 미카엘도 알고 있잖아."

나나엘이 으르렁대는 파이몬을 보며 조금도 겁을 먹지 않고 오히려 미소 지었다.

"위협해 봐야 그 보호막을 찢는 것은 불가능합니다. 미카엘 님이 직접 심혈을 기울여 만드신 것이니까요."

파이몬이 나나엘을 노려보다 피식 실소를 지었다.

"훗, 그래 쓸데없는 소모전은 관두자고. 여하튼 너도 알지? 인간 아이가 이곳에 왔다는 것."

나나엘이 자신을 호위하고 있는 세 명의 천사들을 돌아보며 말했다.

"난 괜찮으니, 각자 일을 하세요."

세 명의 천사들이 서로 눈짓으로 의중을 주고받은 후 빠르게 날아서 사라졌다.

천사들이 완전히 시야에서 벗어날 때를 기다린 나나엘이 천천히 입을 뗐다.

"알고 있습니다. 오늘 자메이카로 왔더군요."

가마긴이 한 걸음 앞으로 나서며 말했다.

"우리 쪽에서 보호하고 있는 아이란 것도 이미 알고 있을 것이다."

"네 후작님. 잘 알고 있습니다."

"그럼 길을 열어줄 수 없겠나?"

나나엘이 잠시 가마긴을 빠히 본 후 조심스럽게 고개를 저었다.

"죄송합니다. 제 권한 밖입니다. 자메이카는 수많은 세월 동안 악마들의 지배를 받아 아프리카에서 끌려온 노예들을 사고파는 저주받은 곳이 되었습니다. 많은 천사가 투입되어 정화 작업을 하고 있어서 두 분이 나오시면 현재 활동 중인 천사들이 겁을 먹을 것이고요."

가마긴이 조용히 한숨을 쉬며 땅을 바라보자 나나엘이 말을 이었다.

"걱정은 안 하셔도 됩니다. 미카엘 님께서 미리 예견하시고 제게 지시를 내리신 것이 있으니까요."

가마긴이 놀란 표정으로 고개를 들었다.

"미카엘이 예견했다? 무슨 지시를 받았지?"

나나엘이 살포시 웃으며 말했다.

"두 가지 지시를 주셨습니다. 아이를 보호하라는 명령과 또 하나의 명령이었죠."

파이몬이 보호막에 바싹 붙으며 물었다.

"또 하나는 뭐지?"

나나엘이 파이몬을 보며 미소를 지우지 않은 채 말했다.

"아이의 꿈을 빌어 한 사람을 만나게 해주라는 지시였습니다."

파이몬이 보호막을 주먹으로 치자, 보호막 전체가 출렁거리며 스파크가 일었다.

"누구냐! 누구를 만나게 하라고 했는가! 아이의 정신적인 부분에 영향이 있는 것은 아니겠지?"

나나엘이 출렁거리는 보호막을 올려다보며 입을 모았다.

"호오, 역시 고위 악마의 힘은 대단하군요. 보호막 전체가 울리다니요."

"쓸데없는 소리 그만하고, 빨리 말해! 누구야?"

나나엘이 가마긴과 파이몬을 번갈아 보며 웃었다.

"정확히는 사람이 아니라, 천사예요."

가마긴이 고개를 갸웃하며 물었다.

"천사? 왜?"

"아이가 나아갈 길에 도움을 주기 위함이죠."

"어떤 도움을 말하지?"

나나엘이 가마긴을 빤히 보며 말했다.

"당신은 아이가 당신들의 힘이 담긴 목소리로 노래하게 만들었습니다. 그 아이는 이미 너무 큰 힘을 가지고 있어요. 만약 아이가 나쁜 마음을 먹는다면, 그것은 걷잡을 수 없이 큰일이 될 것입니다. 우리는 그런 문제를 방지하고자 했습니다."

가마긴이 아무 말 없이 나나엘의 입이 열리기를 기다리고 있자, 나나엘이 미소를 지으며 말했다.

"아이에게 음악에 바른 사상을 담는 방법을 알려줄 천사입니다."

파이몬이 고개를 갸웃하며 물었다.

"그게 누구지? 천사 중에 그런 놈이 있었나?"

나나엘이 파이몬을 보며 입을 열었다.

"천사가 된 지 얼마 안 되어 모르실 겁니다."

파이몬과 가마긴이 가만히 나나엘의 말에 귀를 기울이자, 그녀가 짙은 미소를 지은 채 말했다.

"인간으로 태어나 천사가 된 자, 롭 말리(Rob Marley) 입니다."

가마긴과 파이몬이 멍한 표정으로 나나엘을 뚫어지게 보았다. 나나엘은 그들의 반응이 웃겼는지 입을 가리고 웃었다.

그녀가 웃는 것을 한참 동안 지켜본 가마긴이 입을 열었다.

"롭 말리? 그놈은 인간 아닌가? 천사가 되었단 말인가?"

나나엘이 손을 입으로 가린 채 고개를 끄덕였다.

"네, 벌써 30년쯤 되었습니다. 아직은 겨우 9계급에 불과하지만요."

나나엘의 설명이 이어지자 가마긴이 팔짱을 끼고 턱을 쓰다듬으며 말했다.

"음…… 그래 그놈이라면 나도 알지. 내가 성력을 모으기 위한 방법으로 음악을 선택한 배경이기도 하니까. 그런데 미카엘이 지시를 했다는 것이 의심스럽군."

나나엘이 손사래를 치며 말했다.

"미카엘 님은 뒤에서 음모를 꾸미는 분이 아닙니다. 그 아이에게 큰 관심을 두고 계세요. 아이의 지난 행적을 보았을 때도 문제가 없었고요. 단지 그분이 걱정하는 것은 아이의 미래입니다. 잘못되면, 되려 많은 이가 고통받게 될 수 있으니까요. 이 기회에 아이를 도와주려 하시는 것뿐입니다."

파이몬이 허리에 손을 올리고 말했다.

"나나엘. 네 이름을 걸고 말할 수 있나? 아이에게 별일 없을 거라고 말이야."

나나엘이 파이몬의 눈을 정면으로 바라보며 천천히 고개를 끄덕였다.

"네, 제 이름을 걸고 맹세하죠. 아이에게 무슨 일이 생기지 않도록 지켜보고 있겠습니다."

가마긴이 눈을 감고 생각에 잠겼다가 뒤로 물러나 자리를 잡고 팔짱을 꼈다.

"좋다, 믿어보지. 하지만 나는 아이가 이곳을 벗어날 때까지 이곳에 있겠다."

파이몬이 그런 가마긴을 빤히 바라보다 옆으로 다가가 서서는 함께 팔짱을 끼고 눈을 감았다.

그 모습을 본 나나엘이 미소를 지으며 날아올라 하늘로 사라졌다.

킹스턴(Kingston)의 트렌치 타운(Trench Town)에 들어선 건이 가난하지만 밝은 사람들의 표정으로 가득한 마을의 모습을 구경하며 롭 말리 뮤지엄으로 향했다.

1800년대에 세워진 것으로 보이는 길가의 건물들은 페인트 칠이 다 벗겨지고 이곳저곳에 세월의 흔적처럼 훼손된 부분이 많이 보였다. 사람들은 아무 할 일 없이 집 앞에 놓인 의자에 앉아 손 부채질을 하며 시간을 흘리고 있었지만, 무엇이 그리

즐거운지 눈을 마주치는 사람마다 웃음을 보이며 손을 흔들어주었다. 건이 자신을 보고 웃어주는 사람들을 보며 마주 마찬가지로 밝게 웃었다.

'자메이카는 슬픈 역사를 가진 나라. 그런데 사람들이 이렇게 밝게 웃는 이유는 무엇일까?'

건은 자메이카로 오기 전 조사했던 그들의 역사를 잠시 떠올렸다.

영국과 스페인의 식민지였던 자메이카는 아프리카에서 잡아 온 흑인들을 노예 경매하는 곳이었다. 천만 명이 넘는 흑인들이 자메이카로 끌려왔고, 끌려오는 동안 배에서 100만 명 이상이 죽었다. 독립을 하고 나서도 두 정당의 싸움으로 수많은 총격전 속에 많은 이가 죽었고, 그것은 1970년도 후반까지 계속되었다.

평화를 찾은 것이 채 40년도 되지 않는 나라. 아직도 상처가 아물지 않은 사람들이 가득한 이 나라. 일 인당 GDP가 5,137 달러(약 570만 원)밖에 안 되는약가난한 나라가 바로 자메이카였다.

60년 전 전쟁의 상처가 아직도 아물지 않은 한국과 비교해 보았을 때 사람들이 이렇게 웃을 수 있는 이유를 알 수 없었다.

건의 눈에 직접 만든 듯 부실해 보이는 퍼커션을 두들기며 흥겹게 연주하는 할아버지와 그 주위로 모여든 사람들이 몸을 흔들어대며 노래하는 것이 보였다.

'어떻게 이런 역사와 경제 수준으로 사는 사람들이 저리도 행복해 보일 수 있을까?'

춤을 추고 있는 사람들을 보던 건의 눈에 놀라움이 스쳤다. 다리 한쪽이 없는 60대 남자가 목발에 몸을 의지한 채 춤을 추며 웃고 있는 모습이 눈에 들어왔기 때문이다.

한참 자리에 서서 멍한 표정으로 그들을 바라보던 건의 팔을 잡는 손길이 있었다. 건이 고개를 숙여 자신의 손을 잡은 어린아이를 보았다. 흑인 아이는 만면에 웃음을 가득 머금고 건의 팔을 잡아당겼다.

"응? 왜 그러니?"

아이는 건을 끌고 가 퍼커션 앞으로 다가가 먼저 신나게 몸을 흔들며 춤을 추었다. 건이 놀란 표정으로 바라보자 주위에 있던 사람들이 건에게 함께 춤을 추자며 다가왔다.

웃음이 가득한 그들은 동양인을 신기하게 보면서도 함께 즐기기 위해 모여들었다.

"하하, 그래요. 함께 춤춰요."

건이 신나는 리듬에 맞춰 말도 안 되는 춤을 추기 시작하자, 아이들이 손가락질하며 웃기 시작했다.

가까이 다가온 어른들도 건의 우스꽝스러운 춤을 보며 폭소를 터뜨렸다.

건이 그들의 웃음을 보고는 더 우스꽝스러운 춤을 추기 시작했다. 건을 데려온 아이가 바닥을 굴러다니다시피 하며 웃음을 터뜨렸다.

땀이 한가득 나도록 춤을 추던 건이 땀을 닦기 위해 모자를 벗고 소매로 이마를 훔치는 순간, 시끌시끌했던 주위가 순식간에 조용해졌다.

건이 모자를 손에 든 채 조용해진 주위를 둘러보았다. 모두가 건을 바라보고 있었다.

몇몇이 손가락을 들어 외치기 시작했다.

"케이?"

"케이다!"

"으와와와! 케이!"

"흑인의 영웅!"

건이 자신의 실수를 느꼈지만 밝은 표정으로 자신에게 다가와 호감 가득한 눈빛을 보내는 순박한 사람들을 향해 모자를 들어 인사를 보냈다.

"안녕하세요, 케이 입니다!"

"와아아아아!"

"사인 해줘요!"

"나도, 나도!"

건이 스케치북을 들고 달려오는 어린아이들 하나하나를 안

아주며 사인도 해주었다.

한참 사람들에 둘러싸여 팬 서비스를 해주던 건의 눈에 사람들이 존경의 눈길로 앞길을 터주고 있는 한 노인이 들어왔다.

노인은 Rasta 스타일의 레게 모자를 쓰고 반소매 남방을 입고 있었다. 노인이 건에게 다가오자 사인을 받고 있던 흑인 남자아이가 웃으며 말했다.

"나티 할아버지! 케이가 우리 마을에 왔어요!"

아이에게 나티라고 불린 노인이 인자하게 웃으며 고개를 끄덕였다.

"그래, 몰리. 할아버지가 할 말이 있어서 그런데, 잠깐 이 형을 빌려 가도 될까?"

웃음을 가득 흘린 몰리가 고개를 끄덕인 후 건이 해준 사인을 흔들며 힘차게 뛰어나갔다.

주위에 있던 사람들도 하나둘씩 자신이 하던 일을 하기 위해 흩어지는 것을 본 나티가 건에게 고개를 돌렸다.

"자네 이름이 케이라고?"

건이 자세를 바로 하고 말했다.

"예, 케이라고 합니다, 미스터."

나티가 손을 휘휘 저으며 말했다.

"자네도 그냥 나티 할아버지라고 부르게. 미스터는 무슨. 자메이카까지 왔는데 제대로 된 블루 마운틴 커피 한잔은 해야지. 따라오게."

건이 나티를 따라 롭 말리 뮤지엄이 눈에 보이는 가까운 거리에 있는 베이지색 집으로 들어갔다.

소파에 건을 앉게 한 나티가 볶아둔 커피콩을 그릇에 놓고 찧으며 다가왔다.

"커피는 말이야, 곱게 가는 것보다 이렇게 대충 갈아야 맛이 깊어."

건은 커피콩을 갈고 있는 나티를 보며 웃음 짓다 소파 주위 벽에 있는 사진들을 보았다. 허름한 벽에는 사진 속에는 젊은 시절의 나티와 롭 말리가 찍은 사진이 빼곡하게 붙어 있었다.

건이 가만히 사진을 들여다보다 문득 물었다.

"혹시, 롭 말리의 곡 중에 '나티 브레드'라는 곡에 나오는 그분이세요?"

나티가 커피콩을 갈다가 즐거운 표정으로 하얀 이를 드러내며 웃었다.

"그래, 맞아. 친했거든. 나에 대해 노래해 줘서 영광이었지, 허허."

건이 새삼스럽다는 눈빛으로 나티를 바라보자 씨익, 웃은 나티가 뜨거운 물을 거름종이에 붓기 시작했다.

진한 커피 향이 방을 가득 채울 즈음 나티가 건에게 컵을 내밀었다.

"자, 자메이카의 자랑이지. 블루 마운틴 커피야."

건이 잔이 넘칠 듯 따라준 커피를 조심조심 받아 들고 김이 모락모락 나는 커피를 한 모금 마셨다.

"와아! 맛이 정말 깊네요."

나티가 진한 웃음을 지으며 자신의 커피를 들고 맞은 편에 앉았다.

"그래, 자네도 말리의 뮤지엄을 보러 온 건가? 아니면 그냥 관광?"

"네, 둘 다예요, 하하."

"그렇군. 아까 보니 꽤 유명한 사람인 것 같던데. 뭐 하는 사람인가?"

"아! 일단…… 직업은 학생인데……."

"학생, 학생이 왜 유명하지? 연예인이 아닌가?"

"아…… 굳이 말하자면 음악을 해요."

나티가 고개를 끄덕이며 새삼스러운 눈으로 건을 바라보았다.

"그래? 그래서 말리의 흔적을 따라온 거군."

"네 맞아요, 존경하는 뮤지션이거든요."

나티가 동조하며 말을 이었다.

"그래, 레게의 창시자나 마찬가지니까 말이야."

건이 놀란 표정으로 되물었다.

"예? 레게가 롭 말리가 창시한 음악이었어요?"

나티가 피식 웃으며 말했다.

"글쎄, 확실한 건 말리가 아프리카 토속 음악과 미국의 리듬 앤 블루스를 섞어 부르기 전까지는 이런 장르의 음악은 없었다는 거야. 그럼 말리가 창시자인 거지."

건이 그러냐는 눈으로 고개를 끄덕거렸다.

나티가 건을 보며 말을 이었다.

"미국에서 순회 공연을 한 첫 자메이카 밴드가 바로 말리의 밴드였던 'I-Threes'였으니까 거의 창시자로 보면 될 거야. 물론 음악보다는 그가 가져다준 평화 때문에 존경받는 것이지만."

나티의 이어지는 설명에 건이 격하게 고개를 끄덕여 대며 동조했다.

"맞아요, 전 다큐멘터리로 봤지만 'One Love' 콘서트에서 그렇게 격렬하게 싸우던 두 정당 대표의 손을 맞잡고 한 말을 듣고 정말 소름이 돋았어요."

나티가 건을 보며 웃자 장난스러운 눈빛을 하던 두 사람이 한 번에 입을 모아 외쳤다.

"이제 자메이카에 평화가 왔습니다!"

나티와 건이 서로를 보며 배를 잡고 웃었다.

즐거워 보이던 나티가 손목시계를 보며 말했다.

"아, 이런. 뮤지엄이 문을 닫을 시간이 얼마 남지 않았군. 이것도 인연인데, 내가 직접 안내해 주겠네. 말리에 대해 나만큼 아는 사람은 없으니까."

"와, 정말이요? 롭 말리의 곡에도 나온 분이 안내해 주신다니까 왠지 설레네요."

나티가 히죽 웃으며 뮤지엄으로 향했다.


뮤지엄 앞에 도착한 나티가 입을 열었다.

"음, 저쪽에 빨간 트럭 보이지? 저게 말리가 타던 차야. 이제 차라고 말하기도 뭐할 만큼 망가진 차지만 말이야. 그리고 저쪽에 하늘색 트럭은 말리의 첫차였어. 저걸 타고 몬테고베이 해변가로 많이 놀러 다녔었지."

건이 나티의 안내를 받으며 이리저리 두리번거렸다. 사람이 많을 것으로 예상했었지만 의외로 몇몇 사람 외에는 보이지 않아, 관람하는 것에 지장이 없었다.

나티가 박물관 안으로 들어가 유리관 안에든 검은색 기타를 가리켰다.

"이게, 말리의 첫 기타였어. 메이커도 뭐도 없고 그냥 흔해 빠진 싸구려 클래식 기타였지. 이걸로 수많은 곡을 만들어냈고."

건이 바닥에 쪼그리고 앉아 말리의 기타를 보았다. 검은 칠이 다 벗겨진 낡은 기타였지만, 관리인이 제대로 된 사람이었는지 줄이 녹슬어 있지 않았다.

나티는 건이 기타를 자세히 보고 있자 다음 방을 가리키며 말했다.

"저쪽에 말리가 마지막에 쓰던 기타도 보관되어 있네. 나머지는 말리의 사진들과 앨범들의 전시이니 설명해 줄 필요가 없겠군. 이제 난 요 앞에 앉아 있을 테니 천천히 보고 나오라고."

건에게 손을 흔든 후 뮤지엄 앞마당으로 나가는 나티를 본 건이 다른 방도 둘러보았다. 기대보다는 뮤지엄의 규모가 작았지만 롭 말리의 생전에 사용하던 여러 물건을 볼 수 있다는 것만으로도 그의 숨결을 느낄 수 있는 것 같았다.

건이 짧은 관람을 마치고 뮤지엄 밖으로 나오자, 뮤지엄 앞 벤치에 앉아 잠이 든 나티가 눈에 들어왔다.

'연세가 많으신 분이라, 나 때문에 피곤하셨구나. 이거 죄송하네…….'

잠시 벤치에서 졸고 있는 나티를 내려다보던 건의 눈에 뮤지엄의 맞은편, 시원해 보이는 그늘을 가진 큰 나무가 들어왔다. 나무 아래로 걸어간 건이 나무가 내어준 휴식의 그늘에 앉아 땀을 식혔다.

잠시 주위의 풍경을 보던 건의 눈이 살며시 감겼다.

건의 주위로 시원한 바람이 불어왔다. 자메이카의 뜨거운 날씨에 지친 건의 몸을 식혀주던 바람이 사라지자 기분 좋은 미소로 바람을 즐기던 건이 눈을 떴다.

♪♫♩

그런 건의 눈에 비친 풍경이 바뀌어 있었다. 맞은편에 보이던 나티가 사라지고, 롭 말리의 뮤지엄이 사라졌다. 건물들은 변한 게 없었지만 도로가 없어지고 흙으로 이루어진 길들이 보였다.

드물게 보이던 사람들도 모두 사라진 것을 본 건이 주위를 바라보자, 자신이 앉은 나무 그늘 안에 또 한 명의 사람이 앉아 자신과 같은 곳을 바라보고 있는 것이 보였다.

그는 살짝 찡그린 표정으로 마리화나를 피우고 있다가, 건과 눈을 마주치자 히죽 웃었다. 그의 웃음을 본 건이 마주 웃으며 생각했다.

'또다시 꿈이구나.'

건이 눈을 돌려 자신의 옆자리에서 앞을 바라보며 마리화나의 연기를 내뱉고 있는 사내를 보았다.

그는 방금 보았던 뮤지엄의 사진 속에 있던 롭 말리였다. 건이 감동스러운 눈빛으로 말했다.

"롭 말리. 존경합니다."

말리가 건을 돌아보며 히죽 웃었다. 말리의 눈에 건의 뒤 건물 지붕 위에서 내려다보고 있는 나나엘의 모습이 보였다.

말리가 살짝 고개를 끄덕인 후 말했다.

"꿈을 자주 꾸는가 보군, 친구. 전혀 당황하지 않는 걸 보니 말이야."

건이 천천히 고개를 끄덕이며 말했다.

"자주라고는 할 수 없지만, 그동안 꿈속에서 많은 분을 만났었죠."

건의 대답에 말리가 마리화나를 들어 깊숙하게 빨아들인 후 말했다.

"그래, 그것참 부럽군그래, 허허. 뭐 하는 사람인가?"

"네, 음악을 배우는 학생입니다, 롭 말리."

풀을 태우는 자욱한 연기로 얼굴을 가린 말리가 손을 휘휘 저으며 말했다.

"그냥 '말리'라고 부르게. 학생이라고? 좋겠군. 많이 배우고 들으시게."

건이 고개를 끄덕이자, 말리가 말을 이었다.

"나는 말이야. 얼굴도 모르는 영국 장교와 어머니 사이에서 태어났거든. 아버지는 아직도 본 적이 없고 말이야. 이 험한 곳에서 홀어머니 혼자 나를 키웠으니 얼마나 가난했겠어? 당연하게도 교육을 받지 못했지. 그래서 교육을 받는 학생들을 보면 부러워."

건이 아무 말 없이 자신을 바라보자, 말리가 히죽 웃으며 조금 더 말을 이어갔다.

"하지만 나는 '교육' 대신 '영감'을 받았네. 자메이카의 참혹하고 가난한 현실 속에 받은 음악적 영감이었지. 아마 옆집에 살던 내 친구 에지오가 사탕수수 농장에서 가공된 설탕을 훔치다 걸려 맞아 죽은 날, 그때부터였을 거야, 아마."

건이 너무도 참혹한 현실을 담담하게 말하는 말리를 안타깝게 쳐다보았다.

"왜 그렇게 슬프고 쓸쓸하게 보이는 거야? 하나의 문이 닫히면, 하나의 문이 열린다는 사실을 잊은 거야?"

히죽 웃으며 다시 한번 마리화나의 연기를 폐 속 가득 욱여넣은 말리가 아직 많이 남은 마리화나를 손으로 매만지는 것을 보며 건이 물었다.

"당신의 음악은 무엇으로부터 시작되었나요? 자메이카의 참혹한 현실이었나요? 아니면 가난이었나요?"

마리화나를 보던 말리의 눈빛이 아련해졌다.

"시작이라…… 그래. 울음, 울음에서 시작되었어."

너무도 아련해 보이는 그의 모습에 건은 입을 열 수 없었다.

한참 침묵하던 말리가 입을 열었다.

"세상을 바꾸고 싶었다. 하지만 알았지. 세상을 바꾸려면 사람을 바꿔야 한다는 것을. 그래서 나의 울음으로 사람을 바꾸려 평생을 노력했었다."

건이 다시 물었다.

"많은 혁명가들이 사람을 바꾸려 합니다. 어떤 이는 총을 들었고, 어떤 이는 사상이라는 칼을 가슴에 품고 폭력을 휘두릅니다. 당신은 왜 음악으로 사람을 바꾸려 했나요? 훨씬 힘들고 어려운 길이었을 텐데."

잠시 건을 빤히 바라보던 말리가 어깨를 으쓱하며 말했다.

"죽음으로 누구의 문제를 해결할 수 있는가, 친구?"

건의 입이 다시 다물어졌다.

말리가 다시 앞을 바라보며 말했다.

"음악으로 혁명을 일으킬 수는 없어. 그렇지만 사람들을 깨우치고 미래에 대해 듣게 할 수는 있어, 친구."

건의 머릿속으로 수십 개의 번개가 내리꽂혔다. 건이 겨우 힘을 짜내어 다시 물었다.

"하지만 너무 오래 걸립니다. 폭력은 나쁘지만 빠른 결과를 가져다주고요."

말리가 마리화나의 연기를 후우, 내뿜으며 히죽 웃었다.

"폭력으로 이룬 혁명은 다시 폭력으로 망한다네. 진정한 혁명이란 사람들의 생각이 바뀌어야 하지. 그건 결코 쉽게 이루어지지 않고, 빨리 이루어지지도 않는다네 친구. 그러니, 웃으면서 기다려."

건의 정신이 허물어졌다. 자신이 지금껏 해 왔던 음악들에 대해 처음부터 다시 생각해야만 했다.

생각에 잠긴 건을 보면서 말리가 조언을 더했다.

"의도하지 않는 것을 노래하면 그 음악은 의미가 없다네. 음악은 반드시 무언가를 의미해야 해. 좋은 의도이든, 혹은 나쁜 의도이든 말이야. 듣는 이가 그것을 듣고 감정의 변화를 겪는다면 그것은 그 음악의 의미가 듣는 이에게 전달된 것이야."

말리가 잠시 말을 멈추고 하늘로 시선이 향했다가 다시 똑바로 건을 보며 말을 이었다.

"그런데 말이야. 음악을 하는 자가 아무 생각 없이 만든 음악을 듣고, 듣는 이가 제멋대로 해석해서 감정을 느껴버리면, 어떤 일이 일어날지 모르는 거야. 그렇기에 음악이라는 예술을 하는 자는 자신의 사상을 정확히 담아낼 책임이 있는 거고."

건이 깊게 고개를 끄덕인 후 말했다.

"고맙습니다. 지금껏 제가 해왔던 음악은 '목적성'은 채웠지만, 듣는 이 모두에게 전하고 싶은 메시지는 생각해 보지 않았었네요. 어떻게 전해지든 최고로 완벽한 음악을 만들겠다는 목적만 있었으니까요."

말리가 갑자기 하늘로 손을 뻗어 손가락을 튕기자, 어디에

선가 아련하고 슬픈 클래식 기타 연주가 들려왔다. 말리가 가만히 눈을 감고 기타 선율을 느꼈다.

건은 갑자기 자신이 줄리어드의 스튜디오 클래스에서 연주했던 '아스투리아스'가 들려오자 놀란 눈으로 주위를 두리번거렸다.

잠시 음악에 귀를 기울이던 말리가 눈을 떴다. 그가 건을 빤히 바라보더니 다시 히죽 웃으며 마리화나를 빨아들였다.

"자네는 걱정 안 해도 되겠어. 이미 정확한 감정을 싣는 법을 알고 있으니 말이야. 만약 음악을 만들게 된다면 자신이 쓰는 가사를 곱씹어 보고, 듣는 이가 알기 쉬운 단어로 말하게. 그리고 들려주게. 상대가 자네의 말을 잘 알아듣는다면, 그걸로 된 거야. 쓸데없이 어려운 문장과 화려한 문구로 포장하려 하지 말게. 어려운 책보다 읽기 쉽지만, 그 속에 담긴 내용이 심오한 책이 더 좋은 책이니까. 자네도 그런 책 하나쯤은 알고 있지?"

건이 고개를 끄덕이며 말을 받았다.

"네, 제 경우에는 '어린 왕자'라는 책이었어요. 열 살 때 처음 그 책을 읽었고, 사실 너무 어릴 때라 무슨 말인지도 잘 모르겠더군요. 열다섯 살에 읽었던 어린 왕자는 무척 아름다운 책이었어요. 스무 살에 읽었던 어린 왕자는 무척 슬픈 책이었고요, 그리고 서른 살이 되면 다시 한번 읽어볼 생각이에요."

말리가 고개를 끄덕이며 말했다.

"그래, 그 책은 나도 읽어 봤지. 난 좀 늙어서 읽었지만 말이야. 자네 가슴 속에 있는 그 책은 읽기 쉬웠겠지? 하지만 그 안에는 수많은 의미를 담고 있어서, 볼 때마다 다른 감정이 느껴졌고 말이야."

건은 고개를 끄덕였다. 그러자 다시 말리가 손자를 보는 할아버지의 자상한 얼굴로 건에게 말했다.

"음악의 가사는 그것보다 더 쉬워야 하네. 듣는 이가 한 번을 듣고도 즉시 어떤 의도를 가지고 말을 하고 있는지 정확히 이해할 수 있는 가사가 가장 좋은 가사지."

말리가 고개를 들어 건의 뒤 건물 지붕에 있는 나나엘과 눈을 마주치자 나나엘이 손을 흔들었다.

말리가 살짝 고개를 끄덕인 후 건에게 말했다.

"시간이 없군. 내 입장에서도 자네 같은 사람과 이야기하는 시간은 참 즐거운데 말이지. 내가 해준 말들 잘 기억하라고, 친구. 그렇다고 나처럼 정치인들에게 위험하게 느껴지는 아티스트가 되어 총기 테러를 당하라는 말은 아니야."

말리가 자리에서 일어나 남은 마리화나를 깊게 빨아들였다. 쓴맛 때문에 약간 찡그린 표정이었지만 마리화나를 얼마나 좋아하는지 연기를 삼키는 얼굴은 몽롱하게 기분 좋아 보였다.

마지막 한 모금을 빨아들인 그가 바닥에 마리화나를 비벼 끄며 건을 돌아보았다.

"짧은 시간이었지만 만나서 반가웠어. 사실 자네보다 오랜만에 피워보는 마리화나가 더 반가웠지만 말이야. 저 위에서는 이런 거 못 하거든, 하하."

말리가 입고 있던 녹색 반바지의 주머니를 뒤지더니 사진 한 장을 내밀며 말했다.

"자네 지금 나티와 같이 있지? 미안하지만 이것 좀 전해주겠나?"

건이 말리가 내민 사진을 받아 들고 보니 나티와 말리가 상의를 탈의한 채로 웃으며 찍은 사진이 보였다. 사진의 뒷면에 '1964년 니그릴 절벽에서'라는 글이 쓰여 있었다.

사진을 보던 건이 고개를 들어 말리를 보니, 그가 히죽 웃었다.

"그 사진은 한 장뿐인데 나티에게 전해주지 못하고 와서 말이야. 부탁 좀 하지. 그리고 자네도 니그릴 절벽에는 꼭 가봐. 밤에 가면 다이빙은 못 하겠지만, 사람도 없고 한적한 풍경이 아주 멋지다네."

건이 고개를 끄덕이자 말리가 손을 흔들며 한쪽을 향해 걸어갔다. 그의 뒷모습을 뚫어지게 보던 건의 눈꺼풀이 어느 순간 그 무게를 이기지 못하고 내려앉았다.

♪♫

　잠시 눈을 뜨지 못하던 건이 다시 눈을 떴을 때 가장 먼저 보인 것은 벤치에 앉아 잠이 든 나티의 모습이었다. 고개를 돌려 주위를 바라보자 노을이 지는 트렌치 타운의 모습이 보였다.

　건이 조용히 일어나 잠이 든 나티에게 다가가 그를 내려다보았다. 손에든 사진을 보던 건이 나티의 상의 주머니에 사진을 넣어주었다.

　'말리의 선물이에요, 나티.'

　잠이 든 나티를 그대로 둔 건이 택시에 올라타 니그릴 절벽으로 향했다. 곧 도착한 절벽 끝에는 낮에 즐긴다는 다이빙 대가 있었고, 관광객들이 점차 흩어지고 있는 시간이라 한산했다.

　어두운 밤하늘에 맞닿은 바다를 보며 저녁이 된 자메이카의 선선한 바닷바람을 한껏 들이킨 건이 낮고 조용하게 노래를 불렀다.

　하나의 사랑, 하나의 마음.
　함께 모여서 기분을 제대로 내보자.
　어린아이들의 울음소리를 들어봐.

어린아이들의 울음소리를 들어봐.

말하지, 하느님에게 감사와 찬양을 드리면 기분이 괜찮을 거야.

말하지, 함께 모여서 기분을 제대로 내보자.

더러운 말들은 모두 지나가게 하고.

묻고 싶은 질문이 단 하나 있어.

희망 없는 죄인이 갈 곳이 있을까.

누가 자신을 구하기 위해 인류를 아프게 했는가?

날 믿어.

하나의 사랑, 하나의 마음.

함께 모여서 기분을 제대로 내보자.


검게 물들어가는 니그릴 절벽의 바다에 아름다운 소년의 목소리가 나직하게 울려 퍼졌다. 그것은 잔잔한 파도 소리와 어우러져, 더없이 아름다운 자연의 소리가 되었다.

그리고 건을 숨어서 지켜보는 수많은 천사의 마음을 울렸고, 그들의 황금빛 눈물을 저주받았던 자메이카의 땅에 스미게 하였다.

천사들의 성스러운 눈물이 닿자 그 땅에서 작은 싹이 돋아났다.

희망이라는 이름의 싹이.

니그릴 절벽 위, 노래하는 건을 바라보는 천사들. 그 사이에 말리와 나나엘이 있었다.

말리가 건을 지그시 보며 말했다.

"저 아이에게 악마들의 향기가 납니다. 하지만 나쁘지 않군요. 악한 향기가 아니에요."

나나엘 역시 건에게서 눈을 떼지 않은 채 말했다.

"맞아, 미카엘 님이 주시하고 계실 가치가 있는 아이지. 저 아이 덕에 최초로 천사가 되는 악마가 나올지도 모르겠고 말이야."

나나엘이 한참 건을 쳐다보다 뒤에 시립해 있는 천사에게 고개를 돌렸다.

"가마긴 후작님과 파이몬은 뭘 하고 있지?"

뒤에 서 있던 천사가 조심스럽게 말했다.

"처음 자세 그대로, 가만히 서 있을 뿐입니다."

나나엘이 고개를 끄덕이며 다시 건을 돌아보았다.

"좋아. 특별한 일이 있으면 바로 보고하도록. 난 아이가 이 땅을 떠날 때까지 보호하겠다."

천사가 놀란 눈으로 다시 물었다.

"예? 나나엘 님께서 직접 말입니까? 휘하 아이들을 시키셔도 충분하지 않겠습니까?"

나나엘이 고개를 저으며 나직하게 말했다.

"아니야, 저 아이에게 일이 생기면 인간 세상이 어떻게 될지 모른다. 가마긴이다, 무려 가마긴이란 말이다. 가마긴의 분노를 사는 순간 이곳에 있는 너희는 모두 죽는다."

나나엘이 한숨을 쉬었다.

"후우. 물론 나를 포함해서 말이다. 힘이 없어서 가만있는 게 아니라, 저 아이 때문에 참고 있는 것이다, 가마긴은."

말리가 나나엘을 보며 물었다.

"가마긴이라는 악마가 그리 무서운 악마입니까?"

나나엘이 말리를 힐끗 본 후 피식 실소를 흘렸다.

멀리 노래하는 걸을 보는 나나엘의 눈빛이 아련해졌다. 과거를 떠올리는 눈빛이었다.

"마주 보고 웃을 사이는 아니지. 아마겟돈 당시 가마긴의 손에 목숨을 잃은 천사가 무려 3만이다. 홀로 3만의 크루세이더를 죽인 것이 바로 가마긴이란 말이다. 미카엘 님은 그런 가마긴이 '루시퍼에게 속은 것뿐이다'라고 말씀하셨지만, 난 잊지 못한다. 그때의 잔혹했던 그의 모습을."

나나엘이 천천히 뒤로 돌아 자신의 말에 집중하고 있는 휘하의 천사들을 돌아보았다.

"그래서 난 두렵다. 여기서 너희를 잃게 될까 봐. 그러니 최선을 다해 아이를 지켜라. 너희가 사랑하는 아이들을 지키기 위함이다."

천사들이 일제히 허리를 접었다.

나나엘이 그런 천사들의 모습을 보며 아름다운 미소를 지었다.

"말리, 아니, 세이아. 너도 이만 돌아가거라."

세이아라는 이름으로 불린 말리가 히죽 웃으며, 서서히 사라졌다.

건이 노래를 멈춘 것은 무척이나 어두워진 다음이었다. 니그릴 절벽 주위의 가로등이 켜졌지만, 드문드문 있는 가로등으로는 넓은 지역을 밝힐 수 없었는지 발 바로 앞이 보이지 않는 곳도 있었다.

건이 조심조심 발걸음을 옮겨 관광객들을 위한 택시가 있는 곳으로 와 택시를 잡아탔다.

호텔에 도착한 건이 로비로 들어가려다, 목이 마른 것을 느끼고 편의점을 찾았다. 다행히 시야에 보이는 곳에 편의점이 있었고, 길을 건너간 건이 편의점의 문을 열고 안으로 들어갔다.

"어서 오세요!"

점원으로 보이는 이십 대 흑인 여성이 밝은 미소로 건을 맞아주었다.

"네, 안녕하세요. 좋은 저녁입니다."

직원을 향해 싱긋 웃어준 건이 냉장고에서 몇 개의 물을 꺼내 계산대에 올렸다. 여직원이 건이 올려둔 물건들을 계산해 봉투에 넣어주며 말했다.

"자메이카는 오토바이를 조심하셔야 해요, 손님. 길을 건너실 때는 반드시 조심해서 건너세요."

"아, 그래요?"

"네, 얼마 전 자메이카의 얼굴인 우사인 볼트도 오토바이 사고를 당했답니다."

"아 정말이요? 조심해야겠네요. 감사합니다."

건이 친절한 직원에게 감사를 표하고 편의점 밖으로 나왔다. 자메이카의 저녁은 조금 황량하게 느껴졌다.

봉투를 손에 쥐고 도로에 달려오는 차가 없는지 확인한 건이 도로를 건넜다. 호텔 앞에 도착한 건이 마음을 놓으며 잠시 무거운 봉투를 바닥에 내려놓자마자 건의 핸드폰이 울렸다.

Dr. Bre.

"여보세요? 브레?"

"어, 그래 케이. 자메이카 여행은 어때?"

"아, 너무 좋아요. 사람들도 모두 천사 같고요."

"그래, 안 그래도 지난번에 니스가 와서 '자메이카는 천국이다'라고 자랑하더라."

"그래요? 니스는 이전에 자메이카에 와 본 적이 있나 보네요?"

"그럼, 그놈 롭 말리의 셋째 아들인 드미안 말리와 콜라보레이션 앨범을 냈었거든. 그때 뮤직비디오를 트렌치 타운에서 찍었어."

"롭 말리의 셋째 아들이요? 그분도 아버지처럼 음악을 하시나 봐요."

"하하, 너도 참. 롭 말리의 아들 중 셋이 뮤지션이야."

"와, 아들이 셋이나 있었어요?"

"자식은 열한 명이야, 하하 그 양반 서른일곱에 돌아가셨는데 자식을 그렇게 많이 낳다니, 능력도 좋아."

"어…… 엄청 나군요."

"하하, 그렇지? 아! 이게 아니라, 미국에 돌아오면 연락 줘. 스넵이 너 다시 데려오라고 여기서 아주 난동을 부리고 있으니까."

"아…… 예. 혹시…… 또 술인가요?"

"하하, 아마도?"

"아…… 예……."

"하하하, 겁먹지 말고 편하게 와."

"하, 하. 아, 알겠어요, 브레."

절대 연락을 하지 않겠다는 다짐을 속으로 하며 전화를 끊은 건이 핸드폰을 주머니에 넣은 후 내려두었던 봉투를 들고 호텔로 들어갔다. 관광을 위해 피곤한 일정을 소화한 건이 피곤함을 이기지 못하고 잠이 들었다.

다음날 일찍 잔 만큼 일찍 일어난 건이 아침을 해결하기 위해 호텔을 나섰다. 자메이카의 아침은 먼지를 일으키며 달리는 트럭들과 수많은 오토바이로 인해 뿌연 먼지가 말리의 마리화나 연기처럼 가득했다.

"콜록, 콜록. 아, 너무했다 이건."

인상을 잔뜩 찌푸린 건이 손으로 입을 막았다.

그때 건의 옆으로 트럭이 지나갔고 오래된 트럭의 배기관으로 검은 연기가 뿜어져 나왔다. 순간 질식할 것 같은 연기에 둘러싸인 건이 연신 손 부채질을 하며 연기를 걷어냈다.

"아흑! 이건 또 뭐야!"

손을 허공에 마구 휘저어 겨우 연기를 없애고 시야를 확보한 건의 눈앞에 오토바이 한 대가 들어왔다.

장면은 슬로우 비디오처럼 흘러갔다.

오토바이의 운전자도 건도, 서로의 눈을 보며 놀란 표정을 지었다. 약 세 걸음 앞까지 무서운 속도로 달려온 오토바이는 브레이크를 잡으며 스키드 마크를 남긴 채 미끄러져 쓰러졌다. 쓰러지는 오토바이는 관성의 법칙을 이기지 못하고 건을 향해 미끄러져 왔다.

건이 순간적으로 자리에서 폴짝 뛰어 오토바이를 피했지만 사이드 미러에 다리가 걸려 그만 넘어지고 말았다.

"아야!"

건이 바닥에 쓰러진 채 살짝 긁힌 팔꿈치를 보다가 문득 오토바이 운전자가 생각나 벌떡 일어나 달려갔다.

"저기! 괜찮으세요?"

이십 대 초반으로 보이는 운전자가 바닥에 쓰러진 채 걱정스러운 눈으로 건을 보았다.

건이 괜찮다는 듯 웃으며 손을 흔들자 조금 안심된 운전자가 말했다.

"휴, 도로 한복판에서 그러고 계시면 안 되죠. 지금 정말 위험했어요."

건이 사실 어쩔 수 없는 상황이었지만 도로 한가운데에 있었던 것은 자신의 잘못이라고 생각했는지 뒤통수를 긁으며 사과했다.

"아, 죄송해요. 트럭이 배기가스를 내뿜는 바람에……"

운전자가 고개를 절레절레 흔들며 넘어진 오토바이를 끌며 사라졌다. 건이 살짝 피가 배어 나오는 팔꿈치를 보며 울상을 지은 후 뻐근한 팔을 휘휘 저으며 식당으로 향했다.

♪♪♪

지붕 위에서 사라지는 건의 뒷모습을 바라보던 나나엘의 이마에서 식은땀이 흘렀다.

'까딱했으면 인류의 종말이 올 뻔했다!'

나나엘은 건의 신변에 문제가 없음에 안도했지만, 곧 자신을 향해 날아오고 있는 천사를 보며 얼굴을 굳혔다. 천사는 헐레벌떡 날아와 나나엘에게 외쳤다.

"나나엘 님! 가마긴과 파이몬이 갑자기 난동을 일으키고 있습니다!"

"뭐? 왜? 무슨 실수라도 했나?"

"모, 모르겠습니다. 갑자기 아이의 신변에 문제가 생겼다고 하면서 보호막을 찢으려 하고 있습니다."

"이런 젠장! 넌 아이를 따라가. 내가 직접 간다!"

나나엘이 날개를 펴고 하늘로 날아올랐다. 순식간에 묘지로 도착한 나나엘의 눈에 보호막 안에서 고함을 지르며 이성을 잃은 것으로 보이는 가마긴과 양손 위에 검고 둥근 형체의

기 덩어리를 던지기 직전의 파이몬이 보였다.

나나엘이 날개를 접는 것도 잊어버린 채 바닥으로 하강하며 외쳤다.

"잠깐! 후작님!"

가마긴이 나나엘을 보자 더욱 분노해 고함을 질러댔다.

"너! 나나엘! 넌 약속을 어겼다!"

나나엘이 식은땀이 흐르는 이마를 닦을 엄두도 내지 못하고 다급히 말했다.

"아, 아닙니다. 후작님. 아이의 신변에 문제가 생긴 것이 아닙니다!"

파이몬이 보호막에 검은 기 덩어리를 던져 버리자, 보호막이 찢어질 듯 거대한 파동이 울렸다. 주위에서 그를 지켜보고 있던 천사들이 크게 놀라며 출렁이는 보호막을 보자, 파이몬이 외쳤다.

"이까짓 보호막! 단숨에 찢어 준다!"

나나엘이 진정하라는 듯 양손을 들며 발을 동동 굴렀다.

"아닙니다, 아니에요! 그저 아이가 조금 넘어진 것뿐입니다!"

가마긴이 눈을 크게 뜨며 소리를 질렀다.

"뭐, 넘어져? 어떻게! 얼마나 다쳤는가!"

파이몬이 달려와 나나엘 앞에 보호막을 미친 듯이 주먹으로 휘갈기며 외쳤다.

"빨리 말해! 얼마나 다쳤어?"

나나엘이 식은땀을 줄줄 흘리며 검지와 엄지를 들어 보이며 말했다.

"요…… 요만큼?"

가마긴과 파이몬이 순간 말을 잃었다. 한참 나나엘이 들어 보이는 손가락의 길이를 가늠해 보던 파이몬이 헛기침을 하며 말했다.

"어흠, 그, 그래?"

나나엘이 그제야 이마에 식은땀을 소매로 훔치고 안도의 한숨을 쉬며 말했다.

"저, 정말입니다. 그저 살짝 넘어진 것뿐입니다. 아무 문제는 없었어요. 제가 직접 지키고 있었단 말입니다."

파이몬이 나나엘을 보며 곤란한 표정을 짓다 가마긴을 돌아보자, 멀리 하늘을 바라보며 딴청을 피우는 가마긴이 눈에 들어왔다.

파이몬이 한숨을 쉰 후 나나엘에게 말했다.

"요만큼이든, 저만큼이든, 아이가 또 다치면 그때는 정말 가만있지 않겠다. 알았나?"

나나엘이 가마긴의 눈치를 보며 파이몬에게 간절하게 답했다.

"네, 제가 직접 지키겠습니다. 그러니 제발 그만둬 주세요.

아이들이 겁을 먹습니다."

그제야 멀리서 서로를 부둥켜안고 바들바들 떨고 있는 천사들을 본 파이몬이 헛기침을 하며 가마긴의 옆자리로 돌아갔다. 파이몬이 이미 처음과 동일한 자세로 눈을 감고 팔짱을 끼고 있는 가마긴을 보며 한숨을 쉬었다.

같은 포즈로 옆에 선 파이몬이 나직하게 말했다.

"창피한 건 왜 제 몫입니까?"

눈을 감은 가마긴의 눈이 파르르 떨렸지만 끝내 답을 하지 않는 가마긴이었다. 입가를 실룩거리는 가마긴의 표정을 보며 잠시 답을 기다리던 파이몬이 처음과 같은 자세로 눈을 감았다.

어이없는 눈으로 자신들을 보고 있는 나나엘의 시선이 느껴졌지만, 끝까지 모른 척하기로 한 둘이었다.

◈ 2장 ◈
이어지는 인연

건이 자메이카를 떠난 것은 작은 사고가 나고 삼일이 흐른 뒤였다.

나나엘은 떠나는 비행기를 보며 눈물 젖은 손수건을 흔들었다.

'제발 다시는 오지 마!'

눈물을 찔끔거리는 나나엘의 뒤로 수많은 천사가 서로 부둥켜안고 기쁨의 눈물을 흘렸다.

건이 무사히 떠났음을 알리기 위해 묘지로 돌아온 나나엘의 눈에 이미 떠나버린 둘의 빈자리만이 보이자, 이를 갈며 투덜거린 나나엘이었지만, 얼굴은 무척이나 안심된 표정이 되었다.

맨하튼으로 돌아온 건이 방학 기간을 일주일 남기고 학교를 찾았다.

모자와 마스크로 얼굴을 가린 건이 하쿠를 매고 학교 옆 건물 벽에 숨어 학교 정문을 바라보았다. 그곳에는 약 백여 명의 기자들이 경계의 눈초리로 사방을 훑어보고 있는 것이 보였다.

'아, 또 왔네. 그냥 회사에다 연락해서 인터뷰 잡으라니까, 정말.'

한숨을 내쉰 건이 힘없이 학교로 향하자, 그 모습을 한눈에 알아본 기자들이 달려들어 마이크를 들이밀었다.

"케이! 이번에 미국 힙합계를 뒤에서 움직였다는 소문이 있는데, 사실입니까?"

"사업가로서 입지를 굳힌 닥터 브레를 다시 음악계로 데려온 이유는 무엇입니까?"

"이번 파인애플의 사업 전략을 세운 인물이 케이 본인입니까? 다른 분이 있다는 소문이 있던데요!"

"케이! 한 마디만 해주세요!"

"케이!"

"케이."

건이 아무 말 없이 기자들을 뚫고 학교로 다가가 정문 앞에 선 후 뒤로 돌아 말했다.

"모든 인터뷰는 판타지오를 통해 진행하겠습니다. 인터뷰가 필요하신 분은 회사로 연락 주세요. 회사를 통하지 않고는 한 마디도 하지 않겠습니다."

건이 미리 손린에게 전해 들었던 방식으로 대응한 후 몸을 돌려 학교 안으로 들어갔다. 기자들이 뒤에서 소리를 질러댔지만, 깔끔히 무시한 건은 정문 안으로 들어서자마자 모자와 마스크를 벗었다.

방학이었지만 연습을 위해 학교에 나온 학생들이 로또라도 맞은 표정으로 건을 쳐다보았다. 몇몇 여자아이들이 황급히 다가와 사인과 사진을 요청했다.

건이 사인을 해주며 물었다.

"예비 스쿨 학생들인가요?"

사인을 받던 여자아이들이 눈에 하트를 그린 채 고개를 저었다.

"아니요, 여기 학생 맞아요."

건이 눈을 동그랗게 뜨고 물었다.

"학생이시라고요? 같은 학생끼리 무슨 사인을 해달라고 하세요?"

여자아이들이 당장에라도 꿀이 뚝뚝 떨어질 것은 눈으로 말을 잇지 못한 채 건을 올려다보자, 건이 고개를 절레절레 흔들며 사인지를 넘겨 주었다.

스스로 이미 자신이 같은 학교 학생이라는 이유로 사인을 받는 것이 실례라고 여기기엔 너무 큰 스타가 되어 버렸다는 것을 인지하지 못하고 있는 건이었다.

2층 계단을 올라 연습실이 있는 복도를 걷던 건이 빈 연습실을 찾으며 생각했다.

'지금 샤론 교수님이나 코릴리아노 교수님은 안 계시겠지? 오늘은 집중해서 그동안 못 한 연습이나 하고 가자.'

빈 연습실을 찾던 건의 귀로 슬프고 허무한 멜로디의 피아노 소리가 들려왔다. 연습을 하는 여러 학생의 악기 소리 가운데 홀로 빛나는 아름다운 연주를 들은 건이 자기도 모르게 피아노 소리를 따라 한 연습실로 향했다.

연습실의 문 앞에 선 건이 문에 난 조그만 창문으로 안을 보자, 피아노에 앉아 있는 한 남성의 뒷모습이 눈에 들어왔다. 목을 덮는 짧은 단발머리의 남자가 혼자 피아노를 치고 있었다.

건이 우두커니 문 앞에 서서 남자가 연주하는 피아노 선율을 감상했다.

'쓸쓸하고 허무한 연주구나.'

건이 음악이 주는 감정의 파도에 몸을 맡긴 채 연주를 느끼고 있을 때 피아노를 치고 있던 남자가 옆으로 조금 고개를 돌렸다. 그의 옆 모습을 본 건이 눈을 크게 뜨며 문에 몸을 바싹 붙였다.

'조! 조, 존 레논?'

그랬다.

피아노 앞에 앉은 남자의 옆 모습은 꿈에서 만났던 존 레논과 똑 닮아 있었다. 약간 매부리코에 동그란 안경과, 비슷한 헤어 스타일을 가진 남자는 문밖에서 느껴지는 인기척에 문득 고개를 돌렸다.

그가 문에 난 작은 창문에 바싹 붙어 있는 건을 보고는 살짝 놀라는 듯 보였다. 연주를 멈추고 문을 바라보던 남자가 잠시 창으로 보이는 건의 얼굴을 살펴보더니 벌떡 일어나서 성큼성큼 걸어와 연습실의 문을 열었다.

건이 문이 열리고도 경악한 눈으로 그를 바라보고 있자, 남자가 웃으며 악수를 청했다.

"케이. 만나서 반갑습니다. 꼭 만나보고 싶었어요."

건이 놀란 눈으로 남자가 내민 손을 바라보다 말했다.

"아…… 예, 예. 그런데 누, 누구신지……?"

남자가 하얀 브레스 셔츠의 깃을 매만지며 말했다.

"저는 미숀 요코 레논입니다."

건의 눈동자가 세차게 흔들렸다.

'미, 미숀? 레논의 집에서 그때 보았던 그 꼬마 아이란 말이야?'

건이 놀란 표정을 짓고 있자, 민망해진 미숀이 악수를 청하기 위해 내민 손을 슬며시 내리려 했다.

그 모습에 건이 화들짝 놀라며 황급히 그의 손을 잡고 흔들 었다.

"아! 죄송합니다. 하하, 아버님과 정말 많이 닮으셨네요! 아, 하하!"

미손이 눈썹을 꿈틀하며 물었다.

"아버지요? 아직 전 아버지에 대해 말씀드리지 않았는데 요…… 아, 이름 때문에 알아보셨군요?"

건이 당황한 표정을 지으며 말했다.

"아! 예, 예! 맞습니다!"

미손이 웃음을 띠고 연습실 안쪽을 손으로 가리키며 상냥 하게 말했다.

"잠시 이야기를 나눌 수 있을까요? 들어오시죠."

건이 어색한 웃음을 지으며 작업실 한쪽 구석에 하쿠를 내 려놓은 후 의자에 앉았다.

건이 자리에 앉자 미손이 피아노 의자에 앉은 후 편안하게 다리를 꼬고 말했다.

"정말 만나보고 싶었습니다, 케이."

"아…… 감사합니다."

"정말 놀랍더군요. 사실 당신이 영화음악을 만들었을 때부 터 지켜보았습니다. 모르셨겠지만, 제 취향도 아닌 레오파드의 투어에도 갔었습니다. 오직 당신을 보기 위해서요. 정말 멋지더군요."

"예? 그러셨군요. 몰랐습니다, 감사하고요."

"그때부터 만나려고 노력했습니다만, 어느새 힙합계를 움직이고 계시더군요?"

"아…… 그, 그건 제가 움직인 게 아니라 자신들 스스로 움직인 거예요."

"하하, 글쎄요. 세상은 그렇게 말하지 않더군요."

"아…… 그게……."

"괜찮습니다. 전 기자가 아니니까요. 전 한 가지 질문을 하기 위해 당신을 찾아왔습니다."

"네? 질문이요?"

"네, 질문해도 될까요?"

"아, 네 그럼요."

"고맙습니다. 당신은 혹시 이전에 제 노래를 들어 본 적이 있나요?"

"아…… 죄송합니다. 들어본 적이 없네요."

"그렇군요, 이해합니다. 별로 유명하지도 않으니까요. 그럼 제 아버지의 노래는 들어보셨습니까?"

"당연히 들어봤습니다. 존 레논은 제게 가장 큰 영향을 끼친 음악인이시니까요."

"감사한 말씀이군요. 제가 하고 싶은 질문은 아버지의 노래와 저의 노래에 차이점이 무엇이냐는 질문이었습니다만, 제 음악을 들어 본 적이 없으시다니 당장 답을 주시기는 어렵겠군요."

"차이점이요?"

"네, 평생 아버지가 남긴 흔적을 따라왔습니다. 많은 사람에게 메시지를 주고 싶었죠. 제 노래는 희망을 노래하기보다는 우울함에 가깝지만요."

건이 잠시 멍한 표정으로 미숀을 보자, 그가 다시 말을 이었다.

"아직 방학 기간이 남아 있죠? 아까 학생들에게 물어보니 그렇다고 하더군요. 잠시라도 좋으니 저에게 시간을 내어주실 수 없을까요?"

건이 자신에게 부탁을 하고 있는 미숀을 보며 묘한 생각에 잠겼다.

'이게 인연이란 걸까? 그때 만난 아이가 이제 나보다 훨씬 나이가 많은 모습으로 내 앞에 있구나.'

건이 간곡한 표정으로 자신을 보고 있는 미숀을 가만히 쳐다보았다.

'존 레논에게 받은 가르침을 미숀에게 돌려주자. 그게 인지상정이겠지.'

건이 천천히 고개를 끄덕이며 말했다.

"어떤 도움이 필요하신지 모르겠지만, 최선을 다해 도와 드리죠. 하지만 방학 기간이 얼마 남지 않아서 큰 도움이 못 될 수도 있어요."

잠시 머뭇거리는 것 같던 건이 허락의 뜻을 비치자 미숀의 표정이 확 밝아졌다.

"감사합니다, 케이. 듣던 대로 친절하시군요."

건이 살짝 미소를 짓자 미숀이 말을 이었다.

"사실 이곳 줄리어드까지 온 것은 레온틴 프라이스 교수님과 작업이 있기 때문입니다. 물론 케이가 있다는 점이 가장 큰 이유였고요."

건이 의아한 눈으로 물었다.

"레온틴 프라이스 교수님이요? 무슨 작업이신가요?"

미숀이 한숨을 지은 후 말했다.

"저의 대부님이신 엘튼 존 경의 추천으로 이곳 줄리어드의 오케스트라와 합동 공연을 하게 되었어요. 작년 초부터 준비했습니다만, 편곡이 쉽지 않아 답보 상태입니다. 다행히 오케스트라의 공연이 저 혼자만의 공연이 아니라 다른 분들의 작업은 원활히 진행되고 있다고 합니다."

건이 고개를 끄덕이며 물었다.

"그렇군요. 몇 곡을 하시나요?"

미숀이 검지를 들어 올리며 말했다.

"단 한 곡입니다. 단 한 곡의 편곡을 지난 일 년간 서른 번이 넘게 엎었죠."

건이 손으로 턱을 괴며 고개를 끄덕였다.

"오케스트라의 협연은 쉽지 않으니까요. 그보다 더 많이 편곡 변경을 하는 분도 보았어요."

미손이 앉은 채 팔짱을 끼며 고개를 끄덕였다.

"레온틴 프라이스 교수님도 비슷한 말씀으로 위로를 해주시더군요. 하지만 제 마음은 그리 편하지 못합니다. 지난 일 년간 잠을 제대로 자본 적이 없을 정도로요."

건이 안쓰럽다는 표정을 지으며 물었다.

"그러셨군요……. 무척 힘이 드셨겠어요. 그런데 어떤 곡인가요?"

미손이 깊어진 눈을 들며 입을 떼었다.

"11년 전에 발표한 'A person falling'라는 곡입니다."

건이 어차피 들어 본 적이 없는 곡이라 고개를 끄덕이며 말을 이었다.

"오케스트라의 전체 악보를 편곡하고 계신 건가요?"

미손이 고개를 저으며 한숨을 지었다.

"아닙니다, 그럴 능력도 안 되고요. 제 곡을 제 마음에 들게 편곡한 후 오케스트라 학과에서 제 곡에 맞는 악보를 준비해주기로 했습니다. 공연이 얼마 남지 않았는데 제 악보가 넘어오지 않아 오케스트라 쪽에서 걱정하고 있지요."

건이 잠시 생각에 잠겼다. 미숀은 그런 건에게 방해가 되지 않도록 조용히 건을 바라보며 기다렸다.

잠시 후 건이 눈을 뜨며 자리에서 일어났다.

"알겠습니다. 저도 음악을 들어보고 연구해 보겠습니다. 숙소는 어디 신가요?"

"네, 근처 호텔에 있습니다. 공연 종료까지는 이곳에 있을 예정이에요."

건이 잠시 미숀을 내려다보며 말했다.

"저희 집이 가까워요. 논의할 거리가 많을 것 같은데 저희 집에서 지내시면 어떨까요?"

미숀이 조금 놀란 표정을 지으며 물었다.

"예? 케이의 집에서요? 저야 좋지만, 저 때문에 불편하시지 않을까요?"

건이 웃으며 미숀에게 손을 내밀었다. 미숀이 그런 건을 빤히 보다가 건의 손을 잡고 일어나며 말했다.

"오늘 처음 뵙는 것인데, 이상하게 익숙하군요."

건이 아무 말 없이 미숀의 손을 잡은 채 미소를 짓고 있자, 미숀이 진중한 표정으로 다시 물었다.

"왜 처음 보는 저에게 집까지 내어주십니까? 동양의 문화인가요?"

건이 피식 실소를 지으며 밖으로 나가며 말했다.

"은혜를 갚기 위함일 뿐입니다. 그리고 익숙한 느낌이 드는 건 저도 마찬가지네요, 하하."


미숀과 간단한 안주와 술을 사서 집으로 온 건은 맥주를 함께 마시며 금방 친해졌다. 스무 살 가까이의 나이 차이를 뛰어넘어 친구가 된 둘은 밤늦게까지 이야기를 나누었다.

미숀은 왠지 모르게 친근한 느낌이 드는 어린 건이 마치 자신의 또래 친구이거나 오히려 형 같은 느낌까지 받았다.

건이 웃음을 지으며 이야기하던 도중 문득 요코에 대해 물었다.

"미숀, 어머님은 요새 어떠신 거야? 여전히 행위 예술 쪽을 하고 계신 건가?"

미숀이 쓴웃음을 지으며 고개를 저었다.

"아니, 한 2년쯤 됐나…… 지금은 치매가 오셔서 휠체어에 앉아 계셔."

건이 약간 놀랐다는 듯 말했다.

"그래? 그럼 네가 보살피고 있는 거야?"

"아니, 간병인을 구했지. 가끔 가서 뵙긴 하지만."

건이 쓸쓸한 웃음을 짓고 있는 미숀을 안쓰러운 눈빛으로 보았다.

"어머니를 비난하는 사람들 때문에 많이 힘들었지?"

미손이 피식 실소를 흘리며 말했다.

"그래, 평생 그것 때문에 힘들었지. 세상 모든 사람이 아버지를 찬양함과 동시에 어머님을 희대의 악녀로 몰아세웠으니까. 그래도 나에게는 사랑하는 어머니인데 말이야."

건이 맥주 한 모금을 마시며 말했다.

"그래도 폴 매카트니가 비틀즈 해체에 어머님의 탓은 없었다고 공식 인정해서 다행이었어."

미손이 가만히 건을 보다가 말없이 맥주를 벌컥벌컥 들이마셨다.

"크흡! 어머니가 욕을 먹었던 진짜 이유는 그게 아니었어. 비틀즈 해체보다는 아버지가 돌아가신 후 이복형인 줄리안에게 유산을 한 푼도 주지 않으려 했고, 그로 인해 소송까지 해서였지. 거기다 어머니가 경매로 팔아버린 아버지의 유품들도 문제였고."

건이 안다는 듯 고개를 끄덕이자 미손이 말을 이었다.

"결국, 줄리안 형과의 소송에서 형은 일부 유산을 찾았지만, 그것으로 어머니가 팔아버린 아버지의 유품을 다시 사는 데 써야 했지. 그걸로 어머니는 더 큰 욕을 먹어야 했고 말이야. 그 일로 형이 어머니를 욕하는 인터뷰를 하는 바람에 지금은 나랑도 사이가 좋지 않아."

건이 가만히 미숀을 보고 있자, 미숀이 어깨를 으쓱하며 말했다.

"후후, 맞아. 우리 어머니의 잘못이었지. 하지만 세상 사람 모두가 욕을 해도 나까지 그러면 안 되잖아? 우리 어머니인데 말이야. 욕은 먹을 만큼 먹었으니 그 정도면 됐다고 생각해. 나라도 챙겨 드려야지."

건이 턱을 괴고 손가락으로 소파의 팔걸이를 툭툭 치며 말했다.

"내가 보기에 어머님은 아버님을 많이 사랑하셨던 것 같았는데 말이야."

미숀이 미소를 지으며 말했다.

"사실 그것도 잘 모르겠어. 커서 알게 되었지만, 어머니는 아버지가 돌아가시기 전에 다른 젊은 작곡가와 동거를 했다고 하더라. 뭐 아버지도 마찬가지였지만 말이야. 두 분 다 예술가여서 그랬는지 모르지만, 사랑에 대한 사고방식이 특별했던 것 같아."

건이 고개를 저으며 말했다.

"아니, 사랑은 영원한 것은 아닐 수 있지만, 어느 한 순간에는 진실이기도 해. 너희 부모님은 분명 서로 사랑하셨고, 너무나 행복해 보였으니까."

미숀이 눈썹을 꿈틀하며 건을 빤히 보았다.

건은 자신의 기억 속에 있는 존 레논과 오노 요코의 모습을 돌아보느라 미순의 표정을 보지 못했다.

"어떻게 그렇게 단언할 수 있지? 넌 우리 부모님을 직접 본 적이 없을 나이인데."

건이 생각에 잠겨 있다 화들짝 놀라며 손사래를 쳤다.

"아! 아니야, 그냥 너희 아버지를 존경하는 마음에 여러 가지 자료를 찾아본 것뿐이야. 어머님과 함께 있는 레논의 사진 속 표정을 보고 유추한 것뿐이고."

미순이 의심스러운 눈빛을 지었지만, 술기운 때문인지 곧 수긍하며 말했다.

"그래, 공개된 사진이 많기는 하지. 참 행복해 보이는 두 사람이기도 하고 말이야."

건이 황급히 다른 이야기로 말을 돌렸다.

"어머님이 가까이 계시면 한번 뵈러 가자. 나도 꼭 뵙고 싶어."

미순이 고개를 끄덕이며 말했다.

"응, 다음에 갈 때 같이 가자. 어머니도 내 친구를 보는 건 항상 좋아하셨으니까."

미순이 테이블 위에 놓인 직접 손으로 적은 악보를 들어 보이며 말했다.

"그런데 악보를 손으로 쓰네? 그냥 프린트하면 될 걸 왜 귀찮게 손으로 써? 작곡한 것도 아니고 내 곡인데. 이거 뭐야? 음악을 듣고 쓴 거야? 악보를 베낀 것이 아니네?"

건이 웃음을 지으며 말했다.

"응, 일종의 버릇이야. 음을 하나하나 적어나가며 네가 어떤 생각을 하며, 어떤 감정으로 음악을 만들었는지 파악하는 과정이지."

미솬이 잠시 무슨 말인지 모르겠다는 표정으로 건을 빤히 보다가 이내 고개를 끄덕였다.

"그렇구나. 휴, 그나저나 이걸 어떻게 편곡하면 될까?"

건이 신중한 표정을 지으며 물었다.

"네가 표현하려 했던 감정은 뭐야?"

미솬이 한숨을 쉬며 팔짱을 꼈다.

"이 곡을 만들 때 난 무척 사랑하는 여자와 헤어진 상태였어. 이별을 노래하기보다는 사랑했던 시간의 감정을 담으려고 했지."

건이 미솬을 바라보며 말했다.

"그래서? 제대로 담겼어?"

미솬이 잠시 눈을 아래로 깔고 생각에 잠겼다. 잠시 고민스러운 표정으로 시간을 보내던 미솬이 말했다.

"아니, 결국 나는 이별의 슬픔이 담긴 사랑 노래를 만들고 만 것 같아."

건이 고개를 미미하게 끄덕이다 미손의 손에 있던 악보를 잡았다.

"정확히 말해줄게. 이 곡이 나타내는 감정은 한 사람의 감정이 아니야."

미손이 계속 말해보라는 듯 고갯짓을 하자 건이 말을 이었다.

"이 곡에서 상대방을 여인이라고 칭한다면, 여인은 사랑이 끝날까 봐 두려워하고, 남자는 지금 이 순간 사랑하는 것에 최선을 다하라고 말해. 그렇지?"

별다른 말없이 미손이 고개를 끄덕이자 건이 계속해서 말을 이었다.

"그리고 한 곡에 두 사람의 감정도 혼란스러울 수 있는데 곡이 나타내는 감정은 세 가지나 돼."

미손이 깊어진 눈빛으로 건을 빤히 보았다. 건은 말없이 자신을 보고 있는 미손을 뚫어지게 보았다.

미손이 한참 건과 눈을 맞추다가 이내 한숨을 쉬었다.

"휴, 그래 맞다. 네 생각대로야. 내가 널 찾아오길 잘한 것 같아."

미손이 소파의 등받이에 깊게 몸을 묻으며 말했다.

"사랑, 두려움, 그리고 이별의 아픔. 이 세 가지였던 것 같아."

건이 가만히 미손을 바라보다 악보를 들어 올려 흔들었다.

"아니, '열렬히 사랑하는 감정', '다가올 이별에 대한 막연한 두려움', 마지막은 '죽음이라는 극단적 선택'이야."

미숀이 소파에서 벌떡 일어나며 눈을 크게 떴다.

"뭐? 죽음이라니? 이 곡은 내가 썼어! 잊은 거야?"

건이 일어나 자신을 내려다보는 미숀을 가만히 올려다보다 입을 떼었다.

"미숀, 예술을 하는 자는 자신도 모르게 당시에 자신 속에 내재 된 감정을 담을 때가 있어. 그것을 인지하지 못할 수 있는 것도 당연한 거야. 의도하지 않은 거니까."

미숀이 이해할 수 없는 표정을 짓자 건이 말을 이었다.

"질문 하나 할게. 너 스스로가 아닌 듣는 사람들이 평가한 'A person falling'는 어떤 곡이지?"

갑작스러운 질문에 미숀이 잠시 고민하다 소파에 다시 앉으며 말했다.

"음…… 내가 전해 듣기로는 우울한 느낌이 가득하다고 들었어. 내가 의도한 바와 달라서 당황스러웠지."

건이 미소를 지으며 말했다.

"그래, 나 역시 처음 'A person falling'를 듣고 느낀 감정의 결론은 '우울함'이었어. 왜 그럴까?"

미숀이 잘 모르겠다는 표정을 짓자 건이 말했다.

"미숀 네가 만든 곡은 사랑하는 사람이 가진 이별에 대한 막연한 두려움을 죽음으로 영원하게 만들 수 있다고 암시하기 때문이야. 그건 가사에서도 나오지."

미손이 가만히 악보를 들어 아래에 적어 놓은 가사를 보았다.

오늘 밤 내가 죽어야 한다면.
당신과 함께 있을래요.
추락하기 전에 낙하산을 끊어요.

미손이 가만히 고민하자 건이 그에게 시간을 주려는 듯 잠시 자리를 피해주었다. 충분한 시간 동안 혼자 있을 시간을 준 건이 다시 소파로 돌아왔을 때 기다렸다는 듯 미손이 말했다.

"그래, 네 말도 일리가 있는 것 같아. 그래서? 가사를 바꿔야 한다는 거야? 아니면 음악을 다시 만들어야 한다는 말이야?"

건이 가만히 미손을 바라보다 고개를 저었다.

"아니, 난 네가 만든 세 가지의 감정을 모두 표현해야 제대로 된 편곡이라고 생각해. 그건 곡을 만든 너에 대한 예의이기도 하고."

미손이 의아한 표정으로 물었다.

"전혀 다른 세 가지 감정을? 어떻게? 신나거나, 아름답거나, 우울하거나 하는 세 가지 감정을 어떻게 융합하지? 그게 가능해?"

건이 짙은 미소를 입에 달고 손가락을 올렸다.

"그게 가능한 장르가 하나 있잖아."

미숀이 전혀 모르겠다는 듯 멍한 표정을 짓자 건이 말을 이었다.

"참혹한 현실 속에 희망과 사랑을 노래하는 장르, 바로 레게 (Reggae)야."

미숀이 놀란 얼굴로 말했다.

"레게라니! 이건 발라드곡이야 케이. 레게로 편곡하면 어울릴까? 아니 그보다 오케스트라와의 협연에서 레게라는 장르가 어울릴까?"

건이 팔짱을 끼며 말했다.

"어울리게 다시 만들어야지. 그게 우리가 지금부터 할 일이고 말이야."

미숀이 잠시 건을 빤히 보다 말했다.

"음…… 새로운 시도를 하는 것은 …… 난 레게 쪽은 잘 모르는데 말이야. 넌 잘 알아?"

건이 고개를 저으며 말했다.

"아니, 나도 배워야겠지."

미숀이 허리에 손을 올리며 말했다.

"누구 아는 사람이라도 있어? 도와줄 사람 말이야."

건이 고개를 돌려 창밖으로 보이는 어두운 하늘을 보았다. 미숀은 건이 밖을 바라보자 따라서 창밖을 바라보았다.

'흩어진 인연의 끈들이 모이고 있다. 끝에 무엇이 있을지 모르지만, 예견된 것일지도 모르겠구나. 미스터 레논과 말리에게 어쩌면 빚을 갚을 수 있게 될지도 모르겠다.'

한참 생각에 잠긴 건이 미숀에게 고개를 돌리며 말했다.

"음악으로 태어나 신으로 죽은 남자, 롭 말리(Rob Marley). 그의 셋째 아들 드미안 말리(Damian Marley)와 연결할 방법이 있어."

미숀이 약간 놀란 듯한 표정으로 말했다.

"드미안 말리? 그레미상을 수상했던 그 사람 말이지? 어떻게?"

건이 웃음을 지으며 말했다.

"얼마 전 힙합씬에 벌어졌던 일 알지? 그때 내 음원으로 곡을 발표한 적이 있던 니스(Nis)와 드미안 말리가 친해. 함께 앨범 작업을 할 만큼 말이야."

미숀이 기대된다는 표정으로 외쳤다.

"정말? 그 사람이 도와줄까?"

건이 어깨를 으쓱하며 말했다.

"글쎄, 시도해 봐야지. 일단 브레에게 전화해서 알아봐야 할 거고."

"브레? 설마 닥터 브레 말이야?"

"응, 닥터 브레."

미숀이 휘파람을 불며 말했다.

"휘유! 인맥 한번 엄청나네. 같이 작업을 한 건 알았지만, 개인적인 부탁을 할 정도라니 대단하다, 너."

건이 그저 웃음만 지으며 맥주를 들었다.

그런 건을 물끄러미 보던 미손이 맥주를 들고 밤이 깊어지도록 담소를 나누었다.

♪♫

다음 날 건이 브레를 만나기 위해 미손과 함께 콤프턴으로 왔다. Deats 매장으로 들어온 건이 언제나 와 같이 프런트에 한 손을 걸치고 있는 에이미에게 인사를 건넸다.

"에이미! 저 왔어요."

에이미가 껌을 씹으며 PC로 재고 정리를 하고 있다가 고개를 들며 반색했다.

"어, 케이 왔어? 우리의 스타!"

처음 만났을 때는 무섭게만 보였던 에이미가 귀여운 미소를 가득 담고 말하자 건이 빙긋 웃었다.

"스타는요 뭘, 하하. 브레는 어디 있어요?"

에이미가 지하로 내려가는 계단 쪽을 손으로 가리키며 말했다.

"작업실에 와 계셔. 아! 나 사진 한 장 찍어주고 가, 친구들한테 자랑하게."

건이 하쿠를 내려놓고 에이미에게 다가오며 웃었다.

"그럼요! 얼마든지요."

에이미가 핸드폰을 들어 건과 친근한 포즈로 얼굴을 맞대고 몇 장이나 사진을 찍은 후에나 미손을 보았는지 뒤늦게 물었다.

"그런데 저 사람은 누구야?"

건이 멀뚱히 기다리고 있는 미손을 보며 말했다.

"아, 이쪽은 이번에 저랑 함께 일하고 있는 미손이에요. 미손 레논."

에이미가 고개를 갸웃하며 물었다.

"레논? 존 레논은 아는데."

건이 빙긋 웃으며 말했다.

"네. God이라고 불리는 그 존 레논의 아들이에요."

에이미가 눈을 크게 뜨며 과장된 몸짓으로 말했다.

"세상에! 존 레논의 아들이라고? 어머나! 저, 저기 사진 좀 찍어도 될까요?"

미손이 사람 좋은 미소를 지으며 답했다.

"그럼요, 괜찮습니다. 같이 찍죠."

미손과 건은 에이미에게 한참을 붙들려 있다가 지하로 내려왔다. 스튜디오 앞에 선 미손이 약간 긴장된 표정으로 옷매무

새를 만지며 말했다.

"휴, 드디어 왔군. 닥터 브레의 스튜디오라니."

건이 살짝 웃으며 말했다.

"좋은 분이에요. 긴장하지 말고 들어와요."

건이 문을 활짝 열며 외쳤다.

"브레! 저 왔어요!"

건이 활짝 웃으며 말하는 자세 그대로 굳어버렸다.

뒤에 있던 미솔이 고개를 내밀며 물었다.

"왜 그래?"

문을 연 작업실 안에 장난스러운 웃음을 가득 담고 의자에
앉아 돌아보는 브레와 작업실 테이블에 걸터앉아 있는 스넵이
선글라스를 살짝 내리고 째려보는 모습이 보였다.

작업실 바닥에 쪼그리고 앉아 킬킬거리고 있는 네미넴과 그
옆에 함께 앉아서 웃고 있는 파이어 큐브도 보였다.

건이 뒷걸음질을 치며 어색한 웃음을 흘렸다.

"스…… 스넵…… 아, 아, 하하하."

스넵이 걸터앉은 테이블에서 천천히 엉덩이를 떼고 건에게
걸어 왔다. 건이 뒷걸음질을 쳤지만, 뒤에 서 있던 미솔에게 부
딪혀 더 이상 뒤로 물러나지 못했다.

스넵이 건의 얼굴에 바싹 얼굴을 들이밀고 선글라스를 코
에 걸치고 눈을 마주쳤다. 건이 식은땀을 흘리며 눈을 뒤룩뒤

룩 굴리자 스넵이 낮게 으르렁거렸다.

"나는 말이야, 그래도 우리가 꽤 친하다고 생각했는데 말이야, 케이."

건이 부담스럽게 얼굴을 가까이 댄 스넵에게서 최대한 몸을 뒤로 젖혀 피하며 말했다.

"무, 물론 친하죠, 스넵……."

스넵이 몸을 숙여 건의 얼굴에 더욱 가까이 얼굴을 들이밀며 말했다.

"친하다는 녀석이 말도 없이 자메이카로 가? 내가 죽여주는 파티를 준비했었는데 주인공이 말도 없이 갑자기 사라지다니 말이야."

"아, 하하. 그, 그게 아니라……. 스넵, 제, 제 말을 좀……."

"네 말은 듣고 싶지 않아. 대신 한 가지 들어줘야 할 일이 있다."

"예? 뭐, 뭔데요? 서, 설마 또 수, 술?"

"술 먹는 건 당장 오늘 밤에 해야 할 당연한 일이고."

"에, 예? 그, 그럼……?"

"이번에 또 무슨 일을 벌일지 모르지만 날 끼워줘야겠어. 네 녀석이랑 있으면 즐거운 일이 있을 것 같거든."

"아…… 이, 이번 일은 힙합이 아니에요, 스넵."

스넵이 몸을 일으키며 주머니에 손을 넣은 채 말했다.

"상관없어. 내가 있는 곳이 곧 힙합이다."

건이 뒤로 젖힌 몸을 미손에게 의지하여 겨우 일으키며 입을 열려는 찰나 스튜디오 안쪽 문이 벌컥 열리며 금발에 화려한 미모를 가진 여인이 들어오며 소리쳤다.

"아빠! 케이는 도대체 언제……?"

금발의 미소녀는 문을 열며 외치다 건과 눈을 마주치고는 당황하며 얼굴을 붉혔다.

그런 여인을 보며 웃음을 터뜨리던 네미넴이 바닥에 앉은 채 건을 손으로 가리켰다.

"저기 왔잖아. 아빠가 거짓말했겠어, 에일리?"

에일리가 고개를 푹 숙인 채 손을 꼼지락거리자 네미넴이 건에게 말했다.

"케이, 내 딸 에일리야. 얼마 전부터 너 보고 싶다고 노래를 불러서 데려왔다. 괜찮지?"

건이 놀란 눈으로 에일리를 보며 말했다.

"아, 네미넴의 딸이군요? 그런데…… 네미넴에게 이렇게 큰 따님이 계실 줄 몰랐어요. 너무 젊어 보여서 형 같았는데……."

네미넴이 자리에서 일어나며 웃음 지었다.

"고마운 말이긴 한데. 에일리는 케이 너와 동갑이야. 내가 네 아버지뻘이다. 하하, 둘이 친하게 지내라고."

네미넴의 말을 들은 건이 에일리에게로 다가가 어색하게 인사를 건넸다.

"안녕하세요? 케이라고 해요. 만나서 반갑습니다."

에일리가 고개를 푹 숙인 채 손을 앞으로 모으고 기어들어 가듯이 말했다.

"자, 잘 부탁합니다. 에일리 제이디 웨더스 라고 해요. 패, 팬 입니다!"

건이 에일리를 살펴보며 말했다.

"아빠를 닮은 것 같기도 하네요. 아빠보다 훨씬 예쁘서서 다행이에요, 하하."

네미넴이 건을 휙 째려보며 말했다.

"뭐 인마?"

건이 웃으며 양손을 들어 농담임을 알린 후 말했다.

"저랑 같은 나이면 우리 친구해요. 학생인가요?"

에일리가 건과 눈을 마주치지 못한 채 말했다.

"아, 얼마 전에 하이스쿨을 졸업했어요."

"아! 그렇구나. 우리 편하게 말하기로 해요. 케이라고 불러요. 전 에일리라고 부를게요."

에일리의 고개 숙인 얼굴에 기쁨이 가득해졌다.

그를 본 네미넴이 어이없다는 눈으로 말했다.

"딸자식 키워봐야 소용없어. 저, 저 표정 봐라, 저거."

에일리가 얼굴이 빨개져서는 네미넴을 째려보자 딴청을 피우는 네미넴이었다.

그들을 웃으며 보던 브레가 건의 뒤에 멀뚱히 서 있는 미숀을 보고는 일어나 손을 내밀었다.

"이런, 인사가 늦었습니다. 안녕하십니까? 닥터 브레입니다. 미숀 레논 씨."

미숀이 브레의 손을 맞잡으며 웃었다.

"아닙니다. 다들 친해 보이시네요. 부럽습니다."

브레가 옆에 서 있는 건의 어깨동무를 하며 말했다.

"이 친구한테 빚을 많이 졌죠. 들어오세요. 드미안과 니스가 곧 올 겁니다."

자리에 앉아 하쿠를 내려놓은 건에게 브레가 곧바로 질문을 던졌다.

"그래, 전화로 이야기는 들었지만, 오케스트라에 레게를 접목하겠다고? 가능할까? 거기다 원곡은 발라드라며?"

스넵이 고개를 갸웃하며 바로 질문을 이었다.

"뭐? 발라드곡에 레게를 접목한 걸 오케스트라와 연주한다고? 뭐 그리 복잡해? 왜 그렇게 하는데?"

건이 미숀과의 대화 내용을 토대로 긴 설명을 했다. 설명하는 내내 에일리의 눈은 힐끔힐끔 건의 옆 모습을 훔쳐보는 데 여념이 없었다.

그 모습을 지켜보던 네미넴이 슬쩍 스넵과 파이어 큐브에게 눈짓한 후 말했다.

"음…… 아무래도 우린 미숀과 이야기를 좀 해야겠군. 커피라도 한잔하지? 아, 케이. 넌 니스와 드미안이 올 테니 여기서 잠깐 기다리고 있어. 에일리도."

갑자기 끼어든 네미넴을 보던 사람들이 그의 의도를 눈치채고 자리에서 일어났다. 파이어 큐브가 하얀 이를 드러내며 건의 어깨를 툭툭 쳤다.

"잘 해보라고, 친구."

건이 무슨 말이냐고 묻기도 전에 미숀을 데리고 나가버린 일행들의 뒷모습만 멀뚱히 바라보던 건이 에일리에게로 눈을 돌렸다. 의자에 앉아 애꿎은 스커트 자락만 매만지며 고개를 숙이고 있는 에일리를 본 건이 마침내 그들의 의도를 눈치채고 이마를 매만졌다.

'으……. 나 이런 거 잘못 한다고요!'

한참 어떤 말을 해야 할지 고민하던 건이 어색함을 이기지 못하고 먼저 말문을 떼었다.

"음…… 에일리. 음악 좋아해? 아, 네미넴의 딸인데 당연한 건가?"

에일리가 갑자기 들려온 건의 목소리에 살짝 몸을 떨며 고개를 끄덕이자 건이 되물었다.

"어떤 음악을 좋아해? 힙합?"

에일리가 살짝 고개를 저으며 기어들어 가는 목소리로 말했다.

"아니, 힙합보다는 록 발라드나 그냥 발라드 쪽……."

"아, 그래? 어떤 노래를 좋아하는데?"

에일리가 잠시 고민한 후 말했다.

"음……. '5 Doors Down' 음악을 많이 들어."

건이 의외라는 눈빛을 지으며 말했다.

"5 Doors Down? 밝아 보이는데, 의외로 슬픈 감성을 좋아하나 봐?"

에일리가 부끄러운 미소를 지으며 고개를 끄덕였다.

건이 더 할 말이 생각나지 않아 딴청을 피우자 이번에는 에일리가 말했다.

"저…… 혹시 노래를 들려주면 안 될까?"

건이 고개를 돌리며 물었다.

"응? 노래? 어떤 거?"

에일리가 고갯짓하며 말했다.

"아무거나 좋아. 나만 들을 수 있는 행운이라면. 대신 네가 어디 가서 한 번도 안 해본 노래면 좋겠어."

그 말에 건이 잠시 고민하다가 하쿠를 하드케이스에서 꺼내 들었다.

"스튜디오로 들어가자. 해줄게."

건이 하쿠를 들고 스튜디오로 들어가려다 앉아서 자신을 올려다보고 있는 에일리를 보았다.

기대에 찬 눈빛으로 자신을 올려다보고 있는 에일리를 본 건이 싱긋 웃으며 손을 내밀었다.

"가자."

에일리가 기쁜 미소를 지으며 건의 손을 잡고 스튜디오로 들어갔다. 건이 스튜디오 안에 들어서 하쿠를 앰프에 연결한 후 마이크 앞에 섰다.

"아, 아, 에헴. 그럼 처음으로 한 사람만을 위한 노래를 해보겠습니다. 어험."

에일리가 어린아이처럼 손뼉을 치며 좋아하는 모습을 보이자 건이 말을 이었다.

"이별 노래라 좀 아쉽긴 하지만, 제 노래를 들어주는 분의 취향을 고려해서 '5 Doors Down'의 'Here Without you'를 불러 볼게."

건의 손끝에서 아름다운 화이트 팔콘의 바디를 타고 슬픈 아르페지오가 연주되었다.

에일리의 눈이 하트로 변하는 시간은 순식간이었다. 기타를 내려다보며 연주하던 건이 마이크에 입을 대는 순간 이미 에일리의 눈에서는 꿀이 떨어질 듯했다.

그리고 건의 입에서 허무함과 쓸쓸함을 담은 목소리가 흘러나왔을 때 에일리는 어느새 양손을 모아 가슴에 대고 몸을 뒤틀며 건에게서 눈을 떼지 못하고 있었다.

네 얼굴을 본지 벌써 100일.
그 시간 동안 난 늙어버렸어.
1,000개의 거짓말은 날 차갑게 만들었고.
이젠 똑같은 생각을 하고 널 볼 수 있을 거 같지 않아.
우리 둘을 나누는 이 거리.
네 얼굴을 생각할 때마다 사라져 버리지.

건이 어느새 에일리가 자신을 뚫어지게 보고 있다는 것도 잊은 채 노래가 주는 감정에 젖어 슬픈 눈으로 허공을 보며 노래했다.

난 여기 너 없이 있어.
하지만 넌 내 외로운 마음에 남아 있어.
난 너를 생각해 베이비, 언제나 너를 꿈꿔.
난 여기 너 없이 있어.
하지만 넌 아직도 꿈속에 나와 있어.
그리고 오늘 밤, 너와 난 단둘만 있어

그리고 그런 건을 보고 있는 에일리의 눈이 이미 사랑에 빠진 소녀의 그것으로 변해 있었다.

드미안 말리와 니스가 도착했을 때 스튜디오 안에는 사랑에 빠진 눈빛의 에일리와 그런 에일리는 보지 않고 노래에 흠뻑 빠진 건이 있었다.

드미안이 팔짱을 끼고 스튜디오 밖 작업실에서 건과 에일리를 보며 말했다.

"헤이, 니스. 저 여자애 완전 사랑에 빠진 표정이지?"

니스가 재미있다는 표정으로 말했다.

"응, 그래 보이네. 그런데 케이는 관심도 없어 보이는데? 골머리 꽤나 썩겠군, 저 여자도."

드미안이 피식 실소를 지으며 말했다.

"너무 잘난 남자는 사랑하면 안 돼. 그냥 팬으로 남는 게 속 편하지."

니스가 의외라는 표정으로 말했다.

"잘난 남자? 케이가 벌써 그런 표현을 할 수준이었나?"

"당연하지. 케이가 지금까지 한 일을 봐. 쟤는 슈퍼스타가 코앞이라고."

"음, 그러기엔 아직 자기 앨범을 낸 적도 없는데?"

"야, 저 생긴 걸 좀 봐라. 쟤는 굳이 음악 안 하고 연기 못해도 모델만 해도 스타성이 충분하지."

"음…… 그건 그래. 잘생기긴 진짜 잘생겼군."

"저 여자 표정 봐. 눈에서 하트가 튀어나오게 생겼군."

"어? 가만있어 봐. 쟤 에일리 아냐?"

"뭐? 아는 여자야?"

"에, 네미넴 딸인데?"

"헉, 그래?"

니스가 곤란하다는 표정으로 말했다.

"유명한 딸 바보 네미넴이 케이가 지 딸한테 관심이 없는데, 짝사랑한다고 하면 분노 폭발일 텐데……."

드미안이 흥미롭다는 웃음을 지으며 말했다.

"알아서 하겠지. 우리랑 상관없잖아? 그냥 재미있게 지켜보자고. 크크"

두 사람이 각자 팔짱을 낀 채 스튜디오 안의 두 사람을 지켜보았다. 눈을 감고 노래하던 건은 눈을 뜨자마자 밖에서 기다리고 있는 두 사람을 확인하고 황급히 스튜디오 밖으로 나왔다.

의자에 앉아 있던 에일리는 건이 밖으로 나가는 뒷모습을 멍한 눈으로 쫓고 있었다.

스튜디오 밖으로 허겁지겁 달려 나온 건이 두 사람을 보며 말했다.

"아, 어서 오세요. 니스, 드미안 말리 씨."

니스가 웃으며 주먹을 내밀었다.

"반가워, 만나는 건 처음이지만 네 음악으로 랩도 했기 때문인지 친근하네."

드미안 말리도 주먹을 내밀며 말했다.

"반가워, 케이. 편하게 드미안이라고 부르라고. 너와 작업할 수 있다는 말을 듣고 한걸음에 달려왔지."

건이 두 사람과 주먹을 부딪치며 웃었다.

"정말 고맙습니다, 하하. 지금 미손이 다른 분들과 잠시 이야기를 하러 올라갔는데, 저희도 갈까요?"

니스가 고개를 저으며 말했다.

"다 위 매장에 있던데? 멀리 안 갔어."

건이 의아한 표정을 짓다 순간 무언가를 알아차린 듯 말했다.

"아? 아…… 그렇군요. 이익! 올라가죠!"

1층 매장의 넓은 응접실에 도착한 건이 씩씩거리며 좌중을 노려보자 모두 딴청을 피웠다. 모두의 입에 웃음을 참는 듯한 경련이 일고 있었다.

건이 계속 그들을 노려보고 있자, 브레가 나섰다.

"하하, 이리 와서 앉아. 일 이야기해야지? 미스터 레논. 니스와 드미안이 왔으니 다시 한번 자세한 설명을 부탁드려도 될까요?"

브레가 억지로 건을 앉히자 분위기를 보던 미숀이 나서며 말했다.

"네, 설명드리겠습니다. 니스 씨, 드미안 씨. 자리에 앉으시죠."

니스와 드미안이 소파에 앉자 미숀이 입을 열었다.

"먼저 이번 일의 배경을 설명드리겠습니다. 줄리어드의 오페라학과 교수이신 레온틴 프라이스 교수님은 저희 아버지와 친분이 있으셨습니다. 이번 줄리어드 오케스트라와의 협연은 레온틴 교수님의 추천으로 이루어지게 되었습니다."

간략한 설명을 마친 그는 잠시 모인 사람들을 보다가 다시 이 자리까지 오게 된 이유를 차근차근 설명했다.

"레온틴 교수님께서는 저의 음악적 성장을 위해 지정곡을 주셨는데, 그 곡이 바로 'A person falling' 라는 곡입니다. 2006년에 발표한 제 곡이고 장르는 발라드입니다. 최종 편곡된 곡을 오케스트라에 넘겨주면 그쪽에서 협연에 맞는 악보를 추가해 주기로 하였는데, 제 실력이 모자랐는지 제 곡의 편곡이 쉽지 않아 케이에게 도움을 청했습니다."

드미안이 손을 들며 물었다.

"음…… 발라드라고요? 그런데 저는 왜 부르신 거죠?"

이번에는 건이 나섰다.

"미손의 곡에는 세 가지의 감정이 공존하고 있어요. 이 감정은 사랑과 두려움, 죽음이라는 감정인데 이 감정을 하나도 죽이지 않고 모두 살리기 위해 선택한 장르가 레게였죠. 그래서 드미안에게 도움을 청했습니다."

파이어 큐브가 고개를 갸웃거리며 말했다.

"사랑과 두려움, 그리고 죽음? 연관 지으려면 가능한 감정들이긴 한데…… 왜 레게야?"

드미안이 파이어 큐브를 보며 자신 있는 미소를 지었다.

"정확히 찾은 거야. 잔혹한 현실에서 피어나는 희망과 사랑을 표현하기에 레게만 한 음악은 없지. 그래서 날 찾았군. 잘했어!"

닥터 브레가 박수를 치며 좌중의 이목을 집중시키고는 말했다.

"좋아, 그럼 내가 프로듀싱을 하지."

건과 미손이 놀라며 물었다.

"예? 브레가 프로듀싱을요? 이건 앨범이 아니라 공연이에요, 브레."

브레가 이를 드러내며 웃음 지었다.

"그래, 공연. 맨하튼이 먼 곳도 아닌데 뭘. 하루 가서 해주면 되지."

스넵이 선글라스를 올리며 말했다.

"여덟 마디 비워놔. 내가 랩을 넣지."

건이 놀란 눈으로 스넵을 돌아보았다.

"랩까지요? 오케스트라인데요?"

스넵이 어깨를 으쓱하며 말했다.

"오케스트라 데리고 레게 하겠다는 놈이, 랩은 안 될 건 뭐야?"

드미안이 즐겁다는 듯 크게 웃었다.

"크하하, 그래, 다 해보자! 재미있겠다!"

미숀이 케이를 보며 물었다.

"그런데 편곡 작업은 언제부터 할 거야, 케이?"

건이 씨익 웃으며 말했다.

"이제 건드려 봐야지. 그런데 미리 양해를 구할 부분이 있어, 미숀."

"응? 뭔데?"

"오케스트라과에 알려줘. 내가 오케스트라용 악보를 전달하겠다고."

"뭐? 너 혼자 그걸 다 하겠다고?"

"응, 하지만 시간이 좀 걸릴 거야. 악기가 워낙 많이 나오니까."

브레가 놀랍다는 듯한 눈으로 말했다.

"케이, 가능하겠어? 악기 종류만 수십 가지라고."

건이 고개를 끄덕이며 말했다.

"가능할 거예요. 드미안이 레게 악기 쪽만 좀 다듬어주신다면요."

미숀이 걱정스러운 눈으로 말했다.

"음…… 공연까지 시간이 많지 않은데, 혹시 물리적인 시간이 부족하면 어쩌려고?"

건이 곰곰이 생각해 본 후 말했다.

"그럼 이렇게 하자. 먼저 편곡한 악보를 전달하고, 이후에 오케스트라용 악보를 전달하기로 하자. 나중에 그쪽 학과에서 준비해 준 악보와 제가 편곡한 것을 비교한 후에 결정하는 게 어떨까?"

"뭐라고? 그건 그쪽 자존심이 걸린 문제일 텐데, 그렇게 해줄까?"

건이 어깨를 으쓱한 후 말했다.

"그럼 그건 제가 따로 레온틴 프라이스 교수님을 통해 부탁드려 볼게."

미숀이 한숨을 쉬며 말했다.

"그래, 그런데 건방지게 보이지만 않게 해줘. 케이 넌 몰라도 난 밉보이면 안 돼."

건이 걱정하지 말라는 듯 웃어 보이자 스넵이 자리에서 일어나며 말했다.

"좋아, 케이는 내일부터 열심히 편곡하도록 하고, 그럼 이제 나랑 볼일을 봐야겠지?"

건이 식은땀을 흘리며 어색하게 웃자 스넵이 좌중을 둘러보며 말했다.

"우리 집으로 가자고, 이렇게 많은 사람이 모이기도 쉽지 않은데 우리 한잔해야지?"

모두가 웃으며 우르르 자리에서 일어났지만 홀로 앉아 애처로운 눈빛을 짓고 있는 건이었다.

결국, 건은 이날도 파이어 큐브의 어깨에 실려 스넵의 집으로 강제 후송되었다. 각자 타고 온 차를 타고 스넵의 저택으로 이동한 뮤지션들의 눈에 스넵의 차에서 파이어 큐브의 등에 묶여 들어가고 있는 건이 들어오자 모두가 웃음을 터뜨렸다.

건이 파이어 큐브의 등에서 힘없이 축 늘어져 중얼거렸다.

"술은 이제 그만……."

스넵에 집에 들어와 소파에 앉은 채 모든 것을 포기한 얼굴로 스넵이 들이붓는 술을 마시던 건이 어지러운 머리와 메스꺼운 속을 진정시키기 위해 2층 테라스로 나왔다.

"후욱, 오늘도 필름이 끊기겠구나."

한참 테라스 밖에서 호흡을 내쉬던 건에게 술병을 든 드미안이 다가왔다.

드미안은 힘들어하는 건을 힐끗 본 후 웃으며 테라스에 팔을 기대고 밖을 바라보며 말했다.

"케이. 너도 우리 아버지를 알지?"

건이 당연하다는 듯 고개를 끄덕이며 말했다.

"당연하죠. 제가 정말 존경하는 분인걸요."

드미안이 쓸쓸한 미소를 지으며 말했다.

"그래, 존경스러운 뮤지션이지. 좋은 아버지는 아니었지만 말이야."

건이 조용히 드미안을 보자, 드미안이 웃으며 말했다.

"어쨌든 아버지 덕에 나도 이렇게 뮤지션으로 살고 있으니 어쩌면 좋은 아버지일지도 모르겠다. 얼굴도 많이 보지 못한 아버지였지만 말이야."

"당신에게 어쩌면 좋지 못한 아버지였을 수도 있겠어요. 신이라 불리는 사람들은 대부분 가정을 제대로 챙기지 못하니까요."

"그래, 우리 아버지는 음악으로 태어나 신으로 죽었다고 불리는 사람이지. 나 역시 음악을 하는 한 죽을 때까지 아버지의 그림자 속에서 그 발자취를 따라가야 할 것이고 말이야."

"아버지를 미워하시나요?"

"아니, 그렇지는 않아. 하지만 아버지라고 부르기에는 그와 함께한 시간이 너무 적었지."

"그렇겠네요. 돌아가시기 전까지 전 세계를 돌아다니셨으니까. 그럼 아버지를 존경하시나요?"

"물론이지. 존경스러운 뮤지션이야."

건이 가만히 드미안을 보다가 무겁게 입을 뗐다.

"좋으시겠어요."

드미안이 무슨 말이냐는 듯 고개를 돌려 건을 보았지만, 건은 이미 거실로 들어가 버린 후였다. 홀로 남은 드미안이 거실로 기어가다시피 들어가는 건의 뒷모습을 보며 들고 있던 술병을 들어 한 모금을 마시자, 창가에 숨어 있던 브레가 모습을 드러내며 말했다.

"이해해. 아픈 상처가 있는 아이니까."

드미안이 아무 말 없이 브레를 보다 고개를 끄덕였다.

브레와 드미안이 테라스에서 바람을 쐬다 안으로 들어왔을 때 자기만 놓고 스넵의 집에 놀러 왔다고 화를 내고 있는 에일리와 목을 움츠리고 있는 네미넴의 모습, 그들을 보며 웃고 있는 나머지 뮤지션들의 와자지껄한 모습이 보였다.

건은 그 사이에서 몸을 추스르지 못하고 소파에 앉은 채 상체를 비틀거리고 있었다.

한참 네미넴에게 화풀이를 한 에일리가 건의 옆에 앉아 식은 땀을 흘리는 건의 이마를 걱정스러운 손길로 닦아주었다.

브레가 그런 둘의 모습을 보고 네미넴의 옆에 앉으며 물었다.

"두 사람. 이어주려고 그러는 거야?"

네미넴이 건과 에일리를 진중한 눈으로 보며 말을 받았다.

"저 정도 사윗감 데려올 능력 되냐?"

브레가 고개를 돌려 건과 에일리를 보다 피식 실소를 지으며 어깨를 으쓱했다.

"없지. 하하, 잘 해보라고. 근데 케이, 여자한테 별 관심 없다. 알지? 에일리가 상처받을 수도 있어."

네미넴이 천천히 고개를 끄덕이며 말했다.

"알아. 그래서 항상 총을 가지고 다니지."

브레가 웃으며 네미넴의 어깨동무를 했다.

"킬킬, 딸이 차였다고 아버지가 총 들고 쫓아가면 재미있는 뉴스가 나오겠군, 크하하!"

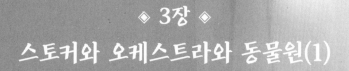

◈ 3장 ◈
스토커와 오케스트라와 동물원(1)

건이 눈을 뜬 것은 다음날 오후 세시가 넘은 시간이었다. 시야를 확보하기 위해 눈을 찡그린 건의 눈에 오후의 따뜻한 햇볕이 비추는 호텔의 창이 보였다.

"쿨럭, 쿨럭. 아 진짜 죽을 것 같다……."

건이 겨우 침대에서 몸을 굴려 일어나자마자 머리를 부여잡고 고개를 숙였다.

"콤프턴에 오면 항상 이러네, 흑……."

여러 번 머리를 털어 정신을 차리려고 노력하던 건은 결국 차가운 물로 온몸을 씻어내고 나서야 정신을 좀 차릴 수 있었다.

젖은 머리에 수건을 올리고 방으로 온 건이 테이블 위에 놓인 악보를 집어 들었다. 'A person falling'의 악보는 이미 수정이 된 듯 세 가지 색이 악보의 마디를 따라 정확히 나누어져 있었다. 잠시 악보를 살펴보던 건이 고개를 끄덕인 뒤 테이블 위에 악보를 놓았다.

그리고 미숀에게 전화를 걸었다.

"어, 케이. 일어났어? 하하, 어제 좀 많이 마시더라."

"좀 말려주지 그랬어……. 하아."

"내가 무슨 수로 말려? 나도 제대로 걸려서 엄청 마시고 일어난 지 얼마 안 됐다고."

"하아, 스넵은 정말 못 말리겠어. 이대로 있으면 오늘도 술판일 테니 빨리 맨하튼으로 돌아가자."

"안 그래도 드미안이 일찍부터 내 방에 와 있어. 너만 일어나면 되는 거였다고."

"아, 그래? 미안해. 20분 뒤에 로비에서 만나, 미숀."

"응, 천천히 준비하고 나와."

얼굴을 꽁꽁 싸매고 로비로 내려온 건이 비슷하게 선글라스와 모자로 얼굴을 가린 드미안과 미숀을 데리고 황급히 콤프턴을 떠났다. 마치 누군가에게 쫓기는 것처럼.


줄리어드에 도착한 일행이 오케스트라의 지휘학과 교수인 앨런 길버트(Alan Gilbert) 교수를 찾았다. 앨런 길버트 교수는 올해까지 뉴욕 필하모니 오케스트라의 지휘자였으나, 얼마 전 지휘봉을 내려놓고 전임 교수 직분에만 집중하고 있는 젊은 교수였다.

미국인인 아버지와 일본인인 어머니 사이에서 태어난 앨런은 서양인의 얼굴에 검은 머리를 가진 50대 초반의 교수였다.

앨런 교수는 자신의 교수실 문에 노크를 한 후 줄줄이 유명인들이 들어오자 놀란 눈으로 그들을 보았다.

"아, 케이 학생? 드미안 말리와 미숀 오노 레논 씨군요? 너무 유명하신 분들이 오시니 당황스럽네요. 이쪽으로 앉으세요."

앨런이 권하는 소파에 앉은 건이 말을 꺼냈다.

"안녕하세요, 교수님. 케이라고 합니다. 처음 인사드리죠?"

앨런이 온화한 미소를 지으며 말했다.

"그러게요. 우리 학교에 다니는 유명인이라 꼭 한번 보고 싶었는데, 케이는 오케스트라에서의 기타 연주는 하지 않으니 만날 기회가 없었네요."

"하하, 불러주신 적도 없으시잖아요. 이번뿐 아니라 다음번에도 또 기회가 있으면 꼭 참가할게요, 교수님."

앨런이 건의 너스레를 보며 실소를 지었다.

"그래요, 그런데 오늘은 악보를 가져오신 건가요?"

건이 옆에 두었던 하쿠의 하드케이스 주머니에서 악보를 빼내밀며 고개를 끄덕였다.

"네, 교수님. 편곡이 완료된 악보예요. 그리고 한 가지 부탁도 드리려고요."

앨런이 건이 건네는 악보를 받아 훑어보며 긴장감 없는 목소리로 말했다.

"네, 무슨 부탁인가요?"

건이 긴장하고 있는 드미안과 미숀을 힐끗 본 후 말을 꺼냈다.

"다름이 아니라…… 저희가 이번에 오케스트라의 악보도 한번 만들어 보고 싶어서요."

악보를 보던 앨런이 고개를 휙 들었다.

"네? 오케스트라의 악보를요? 해보신 적이 있었나요?"

건이 고개를 저으며 말했다.

"아니요, 해본 적은 없습니다. 교수님."

앨런이 테이블 위에 악보를 놓은 후 천천히 팔짱을 끼고는 건을 빤히 보았다.

한참 아무 말 없이 건을 보던 앨런이 입을 열었다.

"오케스트라가 몇 명의 연주자를 움직여야 하는지는 알고 있지요?"

건이 무겁게 고개를 끄덕이며 신중하게 말했다.

"알고 있습니다, 교수님. 실내악이라면 33명으로 체임버 오케스트라가 되고, 야외 공연의 경우 최대 80명까지 늘어나는 것으로 알고 있어요."

앨런이 건을 뚫어져라 바라보며 말했다.

"그런데도 해보겠다고요? 아, 물론 제가 아니라 이번 무료 공연을 맡은 지휘자 학생이 악보를 만들 테니 저는 상관없는 이야기겠지만, 지휘자 학생의 입장에서는 마음에 들지 않는 제안일 수도 있을 텐데요."

건이 고개를 끄덕이며 말했다.

"맞아요, 그래서 교수님을 찾아왔습니다. 사실 이번에 저희가 시도할 곡은 오케스트라 곡이라고 보기 어려워요."

앨런이 의아한 눈으로 자신을 바라보자 건이 말을 이었다.

"여기 드미안이 함께 와 있는 것을 보고 눈치채셨을 수도 있겠지만, 이번 공연은 미숀의 'A person falling' 라는 곡을 드미안과 함께 레게로 편곡할 예정이에요. 거기에 중간에 랩도 들어갈 예정이고요."

"랩을 한다? 발라드곡을 오케스트라로 연주하는 것도 부족해서 레게로 편곡하겠다고요?"

"네, 교수님. 실험적인 시도일 수 있어요. 오케스트라 지휘학과에서 모든 것을 감당하시기에는 너무나 실험적인 시도라 차라리 저희가 맡아서 책임도 함께 지는 것이 옳은 것 같다고 생각합니다, 교수님."

앨런이 고민스러운 표정으로 잠시 눈을 감았다. 건과 드미안,

미숀이 긴장된 표정으로 눈을 감은 앨런을 지켜보고 있었다.

앨런이 잠시 고민한 후 물었다.

"현악기는 어떤 것이 필요한가요?"

건이 미리 생각해 두었다는 듯 수첩을 꺼내 펴고 말했다.

"제1 바이올린은 8대, 제2 바이올린은 6대, 비올라가 4대, 첼로 3대, 콘트라 베이스가 3대입니다."

앨런이 속을 계산을 해본 후 말했다.

"현악기 연주자만 24명이네요. 목관 악기는요?"

"클라리넷 2대와 바순 1대, 그리고 잉글리시 호른 1대면 됩니다."

"금관 악기도 쓰시나요?"

"트럼펫 2대를 쓰려고 해요. 튜바도 사용할 수 있으면 좋을 것 같고요."

"음…… 레게라면 반드시 타 악기가 들어갈 텐데, 타악기 쪽은 어떤가요?"

"네 드미안과 함께 일하는 팀파니 세션맨이 두 분 오실 거고, 글로켄 슈필 1대만 지원해 주시면 될 것 같아요."

"음 세션맨을 제외하고도 여기까지 이미 32명의 연주자가 필요하군요."

"네 피아노는 여기 미숀이 맡아줄 것이고, 제가 기타를 맡을 거예요. 체임버급 오케스트라면 됩니다, 교수님."

"음 그리 큰 규모는 아니라 다행이군요. 현악기 연주자가 23명이란 말을 들을 때만 해도 50명은 필요할 거라고 생각했는데 말이죠."

앨런이 마지막 말을 끝으로 다시 고민의 시간을 가졌다. 잠시 후 마침내 결정을 내린 앨런이 천천히 고개를 끄덕이며 말했다.

"좋습니다. 지휘를 맡을 학생이 'A person falling' 한 곡만 맡을 것도 아니고, 여러 곡을 해야 하니, 오히려 한 곡이라도 부담을 줄여줘서 좋아할지도 모르겠네요. 여러분이 알아서 한번 해보세요."

앨런의 허락이 떨어지자 긴장했던 미손과 드미안이 긴 한숨을 쉬었다. 건 역시 안심된 표정을 지었다.

그때 앨런이 말을 덧붙였다.

"공연이 있을 앨리스 툴리 홀(Alice Tully Hall)에는 한번 들러보기를 권합니다. 체임버 오케스트라로 충분히 커버 가능한 수준의 공연장이긴 하지만, 예민한 음향 시설이라 앰프 컨트롤을 해줄 프로듀서와 미리 협의를 좀 해두는 것이 좋을 거예요."

건이 씨익 웃으며 말했다.

"프로듀서는 이미 확보되었어요. 그분께 맡기면 되는 일이라 저희는 그 부분은 크게 신경 쓰지 않아도 될 것 같아요, 교수님."

앨런이 약간 의아한 눈빛으로 물었다.

"네? 아무리 그래도 최소한 한 번은 협의를 하시는 것이 좋을 텐데요?"

건이 짙은 미소를 지으며 말했다.

"저희 프로듀서는 그런 협의가 필요 없는 분이거든요, 하하. 닥터 브레가 맡아줄 예정이에요."

앨런이 크게 놀라는 표정으로 외쳤다.

"예? 닥터 브레라니요? 그런 유명 뮤지션이 저희 학교 무료 음악회에서 프로듀싱을 해주신다고요? 아니, 그보다, 힙합 뮤지션이 오케스트라의 프로듀싱을 하는 것이 과연 가능할까요?"

"네, 교수님. 프로듀싱에 한해서는 타의 추종을 불허하는 분이니 맡겨두세요."

"하하, 그래요? 오늘 정말 놀랄 일 투성이군요. 코릴리아노 교수님의 말씀대로 정말 놀라운 일만 골라서 하는 분이군요, 케이는."

잠시 담소를 나누며 서로 의견을 나눈 네 사람이 곧 자리에서 일어났다. 앨런은 건에게 몇 번이나 공연에 대해 잘 부탁한다는 말을 건네며 주의를 주었다.

건은 미숀에 이어 드미안까지 집으로 와 지내는 것을 제안했고, 드미안 역시 흔쾌히 허락했다.

둘을 데리고 집으로 온 건이 소파에 앉기를 권한 후 잠시 손을 씻으러 간 사이 드미안이 1층의 거실과 부엌을 구경하며, 냉장고를 열어보는 등 이것저것 뒤지기 시작했다. 미숀은 그런 드미안을 보며 피식 웃고는 소파에 앉아 눈을 감았다.

잠시 후 1층으로 내려온 건의 눈에 소파에 앉아 있는 미숀이 보였다.

콜라 세 개를 냉장고에서 꺼낸 건이 테이블에 콜라를 얹어두고 그중 하나를 따 시원하게 들이켠 후 말했다.

"캬아! 시원하다. 미숀도 하나 마셔. 그런데 드미안은?"

미숀이 눈을 뜨고 대답하려는 찰나 드미안의 외침 소리가 들렸다.

"이봐! 케이, 미숀. 이리와 봐!"

건이 미숀과 함께 드미안의 소리가 들리는 부엌 뒤로 향하자, 벽에 걸어둔 말린 꽃을 만져보고 있는 드미안이 눈에 들어왔다.

건이 그런 드미안을 의아한 눈빛으로 보며 물었다.

"왜 그래요 드미안?"

드미안이 꽃을 만지며 턱을 쓸었다.

"너 이 꽃 누구한테 받았어?"

건이 말린 후레지아를 보며 말했다.

"이건…… 학교에서 사인해 달라던 여자분한테 받은 꽃인데요, 왜요?"

드미안이 꽃 안쪽에 손을 넣어 후벼 파기 시작했다. 말린 후레지아의 꽃잎이 바닥에 우수수 떨어졌다. 한참 꽃을 뒤지던 드미안이 손을 빼내었을 때 그의 손에 소형 카메라가 잡혀 있었다.

카메라를 들어 보인 드미안이 피식 실소를 지었다.

"내 이럴 줄 알았지. 너 정도 되는 애가 이런 가정집 밀집 지역에 사는 것부터 이상했어. 보안은 허술하고."

건이 드미안의 손에 잡혀 있는 카메라를 보며 눈을 동그랗게 떴다.

"이게 뭐예요? 카메라예요?"

드미안이 소형 카메라에서 무언가를 분리하며 말했다.

"그래, 카메라뿐 아니라 도청장치까지 있어. 거의 범죄 수준인데 이거?"

드미안이 건의 손에 카메라를 쥐여준 후 다른 곳도 뒤지기 시작했다. 잠시 후 거실 소파 앞 테이블에 네 개의 카메라와 세 개의 도청장치가 놓여졌다.

소파에 앉아 심각한 눈으로 기계들을 내려다보던 드미안이 말했다.

"이거, 전문가도 아닌 내가 찾아도 이 정도면 더 있다는 거야. 경찰에 신고해."

건이 황당하다는 눈으로 말했다.

"이거, 정말 그 꽃을 준 여자가 숨긴 걸까?"

미손이 고개를 저으며 말했다.

"아니, 아직 몰라. 그 꽃에서만 나온 게 아니잖아. 그 소녀가 꽃에 설치한 도청 장치를 토대로 네 집을 찾아내고, 불법 침입으로 추가 설치를 했을 수도 있고, 아니면 불법 침입을 한 누군가가 그 꽃을 비롯한 여러 곳에 설치한 걸 수도 있지. 이 집은 보안 시설이라고는 눈 씻고 봐도 없으니까."

그리고 그 날 건의 집에 과학수사대를 동행한 NYPD가 방문했다.

저녁 시간 경찰의 방문을 받고 집을 조사하게 내어준 건이 근처의 호텔에서 잠을 청했다.

불안한 마음이 들었지만 일단 신고를 하고 경찰을 보니 약간 안심이 된 건 밤늦은 시간까지 오케스트라용 악보를 만들다 책상에 앉은 채 잠이 들었다.

다음날 경찰의 연락을 받은 건이 경찰서로 향했다.

오전이라 조금은 한산했지만, 건이 경찰서에 발을 들인 순간부터 수많은 사람의 집중을 받았다. 사람들이 건을 보며 웅성거렸고, 범죄자라도 된 듯한 느낌에 조금 몸을 움츠린 건이 담당 경찰을 찾아 움직였다. 가까이에 있는 건장한 흑인 경찰에게 다가간 건이 말했다.

"저, 실례합니다. 혹시 제프리(Jeffrey) 형사님을 만나려면 어디로 가야 하나요?"

흑인 경찰이 건을 알아보고는 반색하며 말했다.

"오, 케이 씨! 하하, 반갑습니다. 만나 뵙게 되어서 영광이고요, 이쪽으로 오시죠."

덩치와 인상과는 다르게 친절한 흑인 경찰이 담당 형사의 자리로 안내해 주었다. 안내된 자리에는 약 40대 후반 가량으로 보이는 뚱뚱한 백인 경찰이 자리에 앉아 다리를 책상 위에 올려두고 서류를 보고 있었다.

"제프리 형사님. 케이 씨가 오셨습니다."

제프리가 케이를 보고는 황급히 자리에서 일어나며 말했다.

"아, 이런. 죄송합니다. 이쪽으로 앉으시죠. 수고했네."

흑인 경찰이 웃음을 지으며 돌아가자 건이 물었다.

"형사님, 조사 결과는 나왔나요?"

제프리가 얼굴을 찌푸리며 서류를 넘겨보았다.

"아, 그게…… 저희가 케이 씨 댁을 조사한 결과 좀 이상한 부분이 있네요."

건이 눈을 동그랗게 뜨고 물었다.

"이상한 점이요? 무엇인가요?"

"덕분에 과학수사대가 밤늦게 전문 장비까지 가져와서 새벽까지 집을 조사했습니다.

작은 집에 무슨 카메라가 그렇게 많은지 형사 생활 20년 만에 이런 경우는 처음이네요."

"예? 그렇게 많았나요?"

"예, 백 대가 넘는 소형 카메라가 있었습니다. 그리고 모르셨겠지만, 옷장 안에 있던 아우터의 앞 단추에도 소형 카메라가 붙어 있는 옷들이 꽤 나왔고요."

"예? 옷까지요? 휴."

"일반적인 스토커라고 보기에 너무 과합니다. 이 정도면 전문 경호 인력이 중요 인물을 경호하기 위한 보안 수준이라고 볼 수 있어서, 이 분야의 전문가 중 과거 스토커 경력이 있는 자부터 조사를 진행하고 있습니다."

"아…… 그렇군요. 그럼 당분간 집에는 못 가겠네요."

"네 집은 위험하니, 다른 곳에서 지내시는 것을 추천합니다. 케이 씨."

"네, 형사님. 저 때문에 밤새 고생 많으셨겠어요."

"하하, 아닙니다. 일인데요, 뭐."

"저기…… 혹시 제게 꽃을 준 여자와 관계가 있었나요?"

"아, 아닙니다. 확인해 보니 그 소녀는 그냥 팬이더군요. 그 소녀의 집에 찾아가 샅샅이 조사해 보았지만, 별거 없었습니다."

"아…… 그건 다행이네요. 알겠습니다, 형사님. 언제든 전화 주세요."

"하하, 이렇게 케이 씨의 연락처를 받게 되다니 꿈 같네요. 이번 사건이 모두 해결되고 나면 사진과 사인 한 장 부탁드립니다."

"네, 얼마든지요. 그럼 가보겠습니다."

찝찝한 느낌에 계속 뒤통수가 저릿저릿한 느낌을 받은 건이 경찰서를 나와 학교로 향했다.

'당분간 연습실에 박혀서 악보 수정에만 집중해야겠다. 잠은 호텔에서 자고.'

학교에 도착한 건이 정문에 들어서 모자와 마스크를 벗자 여학생들이 물밀 듯 밀려 들어왔다.

"꺄악! 케이!"

"케이 사진 찍어주세요!"

"케이! 이거 제가 만든 쿠키인데 받아주세요."

"케이, 이거 선물이에요!"

건이 자신에게 선물 꾸러미를 안기는 여학생들을 불편한 심정으로 보았지만, 겉으로는 웃어주며 함께 사진도 찍어주고, 사인도 해준 후 빈 연습실에 들어왔다.

한켠에 받은 선물들을 둔 건이 피아노 앞에 앉아 악보를 꺼내 들고 양손으로 볼을 찰싹찰싹 때렸다.

'집중하자, 집중! 시간이 별로 없어!'

악보에 신경을 집중하고 몇 개의 음표를 써내려가던 건이 힐 끔힐끔 선물 더미들을 보기 시작했다. 결국, 집중력을 잃은 건이 선물을 뒤지며 이상한 점이 없는지 확인하기 시작했다. 30분이 넘는 시간 동안 선물을 뒤지던 건은 이상이 없음을 완전히 확인한 후에야 안심하고 악보를 잡았다.

하지만 그 집중력은 그리 오래가지 못했다. 건이 학교로 왔다는 소식이 퍼진 후 연습실의 문에 조그맣게 난 창문 앞에 여학생이 바글바글 모였기 때문이다.

결국, 건은 준호에게 선물로 받은 Gibson J 200만 챙겨 들고 학교를 나섰다.

'휴, 어떡하지? 단테 공원에는 이미 팬들이 있을 것 같고⋯⋯ 갈 곳이 없네.'

건이 모자와 마스크로 얼굴을 싸매고 뉴욕의 길을 정처 없이 걸었다. 약 한 시간이 넘게 방황하던 건이 지하철을 타고 사람이 없는 곳을 찾기로 했다.

평일 낮이라 그런지 지하철이 한산했다. 건은 지하철에 멍하니 서서 사람들이 많이 내리지 않고, 역도 한산한 곳에서 내리기로 마음먹었다.

약 20여 분을 지하철에서 보낸 건이 아무도 내리지 않는 역을 발견하고는 문이 닫히기 직전에 뛰어내렸다.

고개를 들어 표지판을 보니 'West Farms Square'라는 역이었다. 어딜 가나 사람이 많은 뉴욕이라고는 생각할 수 없을 만큼 한산한 역을 나선 건의 눈에 'Bronx Zoo'로 가는 푯말이 보였다.

'응? 동물원이 있네? 평일 동물원은 좀 한산하지 않을까?'

건이 자신도 모르게 동물원으로 가는 길로 접어들었다. 브롱스 동물원의 입구는 그리 멀지 않았다.

쥬라기 공원이라는 영화에 나오는 공원의 입구처럼 정글의 입구 같은 느낌을 주는 브롱스 동물원 입구를 본 건이 13달러를 주고 입장권을 사서 안으로 들어갔다.

평일이라 그런지 동물원은 매우 한산했다. 오랜만에 오는 동물원에서 여러 동물을 구경한 건이 조금은 머리가 맑아지는 듯 표정이 풀렸다.

'단테 공원에서 머리를 식힐 수 있을 때가 좋았는데. 이제 평일 날은 여기에 와야겠다.'

건의 눈에 야외 축사에 축 늘어져 눈을 깜빡거리고 있는 북극곰이 들어왔다.

'저렇게 게을러 보여도 먹이를 발견하면 엄청난 속도로 달려든다고 하던데. 저렇게 귀여운 외모인데 정말 무서운 맹수라는 게 안 믿어져.'

브롱스 동물원의 규모는 꽤 큰 편이었다. 건이 동물원에 있는 동물들을 한 번씩 보고 난 후에는 이미 세 시간이 넘는 시간이 흐른 뒤였다.

건이 손목시계를 본 후 자신의 머리를 스스로 쥐어박으며 생각했다.

'하여간 동물만 보면 정신을 못 차리네. 시간도 없는데 에휴…….'

건이 문득 오늘 먹은 것이 없다는 것을 생각하고는 동물원 내 매점으로 향했다. 간단히 먹을 것을 시킨 건이 J-200을 꺼내 들었다.

잠시 미손의 'A person falling'의 음을 생각해 본 건이 작게 기타를 치기 시작했다. 매점 주위의 몇몇 사람들이 갑자기 들려오는 기타 소리에 고개를 돌렸지만, 노래를 하지 않고 연주만 진행되는 기타 소리에 곧 관심을 끊고 자신들의 일을 했다.

건이 불어오는 선선한 바람과 풀 냄새, 따뜻한 햇볕 아래에서 잠시 평온함을 느꼈다. 눈을 감고 연주를 해보던 건이 눈을 뜨며 웃음 지었다.

'평온하다. 하하, 앞으로 여기가 내 아지트!'

건이 주위를 보니 어느새 매장 주위에 사람들이 모두 각자의 길로 흩어졌는지, 매장을 관리하는 여직원 외에 사람이 보이지 않았다.

건이 슬쩍 눈치를 본 후 눈을 감고 'A person falling'의 후렴구를 불러보기 시작했다. 조용한 동물원 매장 앞 간이 테이블에서 흘러나온 건의 아름다운 목소리가 바람을 타고 동물원에 울려 퍼졌다.

그러기에, 만약 내가 오늘 밤 죽어야 한다면.
마지막까지 너와 함께 있고 싶어.
뛰어내리기 전에 낙하산을 끊어줄래.
울며 서 있지 말아줘.
넌 날 끌어내려야 하잖아.
지면에 부딪히기 전, 우린 꽤 즐거운 시간을 보냈어.

건이 미숀 특유의 슬픈 감성에 진한 슬픔을 더 얹어 애절한 목소리로 'A person falling'를 불렀다. 처음에는 눈치를 보며 작은 목소리로 부르기 시작한 건의 목소리는 어느새 눈을 감고 노래에 취한 건에 의해 점점 커졌다.

건이 노래를 마치고 눈을 감은 채 노래가 주는 여운을 느끼고 있을 때 누군가 건의 바지를 잡고 흔드는 것이 느껴졌다.

건이 아기가 잡기에도 너무 낮은 곳에 있는 자신의 바지 밑단을 보자 귀여운 새끼 곰이 자신의 바지 단을 잡고 있는 것이 보였다.

온통 검은색 털을 가진 새끼 곰은 건의 팔뚝 정도의 크기였 는데, 마치 웃고 있는 듯 귀여운 표정을 지으며 두 발로 서 건 의 바지를 흔들고 있었다.

"악! 귀여워!"

건이 귀여운 새끼 곰에게 손을 내밀자 고개를 갸웃하던 곰 이 양손으로 건의 손을 잡았다.

손가락을 까딱이며 악수를 하는 흉내를 낸 건이 고개를 숙 여 새끼 곰과 눈을 마주치며 물었다.

"안녕? 난 케이라고 해. 넌 누구야?"

새끼 곰이 건이 말을 건네자 무슨 말인지 알아들으려고 노 력하는 것처럼 고개를 갸웃거렸다.

그 모습이 귀여웠던지 건이 크게 웃음을 터뜨리자 테이블 옆에서 여성의 목소리가 흘러나왔다.

"리키라고 해요. 우리 동물원의 아기 친구예요."

건이 갑자기 들려오는 목소리에 놀라 황급히 고개를 들다 테이블에 머리를 부딪혔다.

"아야! 아흐흑, 아, 죄송합니다."

건이 부딪힌 뒤통수를 어루만지며 말하자, 테이블 옆에 서 있던 여성 사육사 옷을 입은 여자가 입을 가리고 웃었다.

"호호호, 아니에요. 아무래도 리키가 그쪽을 좋아하는 것 같네요."

건이 잠시 여자를 보다가 다시 새끼 곰을 내려다보니 리키라고 불린 녀석은 어느새 다리를 타고 올라왔다.

리키는 다리를 타고 건의 품에 안기더니 이번에는 팔을 타고 얼굴로 올라오기 시작했다.

건이 간지럽다는 듯 키득키득 웃으며 말했다.

"키히힉! 간지러워, 리키!"

리키가 마침내 건의 얼굴에 도착해 얼굴을 핥아대기 시작하자 여성 사육사가 리키를 안아 들며 말했다.

"얼굴은 위험해요. 새끼 곰은 본능적으로 핥기보다는 빨아대서 얼굴에 멍이 들 수도 있거든요."

건이 자신에게서 떨어진 리키를 아쉬운 눈으로 바라보자 리키 역시 사육사의 손에 안겨 버둥거리며 건에게로 돌아가려했다.

사육사가 그런 리키를 의외라는 눈빛으로 보며 말했다.

"리키가 이런 아이가 아닌데, 오늘따라 이상하네요. 당신이 정말 마음에 들었나 봐요."

사육사가 잠시 리키를 아기처럼 안고 엉덩이를 받쳐, 달래준 후 웃으며 말했다.

"저는 브롱스 동물원의 사육사인 올리비아예요."

올리비아가 자신을 소개하자 잠시 고민하던 건이 주위를 둘러보고 사람이 없는 것을 확인한 후 모자와 마스크를 벗고 말했다.

"안녕하세요. 반갑습니다, 올리비아. 저는 케이라고 해요."

건의 얼굴을 본 올리비아가 크게 놀란 표정을 지으며 손가락으로 건의 얼굴을 가리켰다.

"케…… 케이? 정말 케이예요?"

건이 씨익 웃으며 말했다.

"네, 당신이 아는 케이 맞아요."

올리비아와 나란히 테이블에 앉은 건이 올리비아의 품에 안겨 자신을 올려다보고 있는 리키와 장난을 치며 말했다.

"너무 귀여워요, 리키는 무슨 곰이에요?"

올리비아가 리키의 입에 손가락을 넣어주며 말했다.

"리키는 '아메리카 흑곰'이에요. 캐나다에서 왔죠. 생후 90일 정도 지났고요. 동물원 폐장 시간이 다가와서 산책을 시켜주고 있었어요. 사람이 많을 때 나오기는 아직 너무 어려서요."

올리비아가 리키와 장난을 치다 물었다.

"그런데 유명하신 분이 왜 혼자 계세요?"

건이 쓸쓸하게 웃으며 말했다.

"그러게요. 사실 친하게 지내는 친구가 없어요. 유명한 뮤지션들 말고 진짜 친한 친구요."

올리비아가 안쓰럽다는 듯 말했다.

"유명인들이 보통 그렇다고 듣긴 했는데, 케이도 그렇군요?

미국 출신이 아니시죠?"

"네, 한국 출신이고, 미국은 줄리어드에서 공부하러 유학 온 거예요."

"그럼 그럴 수 있죠. 미국에서는 이제 얼마나 생활하셨는데요?"

"한…… 1년 반 정도 된 것 같아요."

"에이, 그럼 더 그럴 만하죠. 좀 더 시간이 흐르면 좋은 친구를 사귈 수 있을 거예요."

건이 씨익 웃으며 올리비아에게 물었다.

"그런데, 사육사들은 어디서 살아요? 이렇게 어린 새끼 동물들은 밤에도 보살펴 줘야 하지 않아요?"

올리비아가 약간 밑으로 내려온 리키를 조심스럽게 추켜 안으며 말했다.

"네, 맞아요. 대부분 사육사는 출퇴근하지만, 일부는 동물원 내부의 숙소에서 살아요. 아기 동물들의 숙소와 가깝죠. 너무 어린 아기들은 무균실에 두지만 조금 크면 숙소에서 함께 살기도 해요. 여기 리키도 그렇고요."

건이 눈썹을 꿈틀한 후 물었다.

"숙소가 동물원 내부에 있어요? 그곳에는 몇 분이 사시는데요?"

올리비아가 별거 아니라는 듯 말했다.

"원래 열 분 정도의 사육사님들이 살고 있었는데, 지금은 아기 동물들의 수가 적어져서 세 명만 살고 있어요."

건이 곰곰이 생각한 후 다시 물었다.

"그럼 숙소에 빈 곳이 꽤 있겠군요?"

올리비아가 의아한 눈빛으로 물었다.

"그렇죠? 왜 그러세요?"

잠시 말없이 생각에 잠겼던 건이 입을 열었다.

"올리비아, 죄송하지만 동물원의 원장님을 좀 만나볼 수 있을까요?"

올리비아가 자꾸 얼굴 쪽으로 기어 올라오려는 리키를 떼어 내며 말했다.

"예? 원장님이요? 음……. 아직 퇴근 안 하신 것 같긴 한데……."

"초면에 죄송하지만 부탁드릴게요. 제게는 정말 중요한 일이에요."

잠시 고민한 후 고개를 끄덕인 올리비아가 말했다.

"그래요. 원장님도 케이를 보시면 좋아하실 것 같긴 하네요. 가시죠, 사무실은 저쪽이에요."

올리비아의 안내를 받고 찾아간 사무실에서 건은 60대의 여성 원장을 볼 수 있었다. 모두 퇴근 준비를 하느라 마지막으로 축사를 둘러보러 갔는지 사무실에는 원장 혼자 앉아 있었다.

서류를 보며 골치가 아픈지 얼굴을 찌푸린 원장이 올리비아와 건이 다가오자 고개를 들었다.

"아, 올리비아. 무슨 일인가요? 리키 산책?"

올리비아가 리키를 안은 채 웃으며 말했다.

"네, 원장님. 아, 다름이 아니라 혹시 여기 계신 이분 아시나요?"

원장이 고개를 돌려 건을 세세히 뜯어보다 눈을 크게 떴다.

"아? 케이 씨? 아니! 여긴 웬일이세요?"

건이 웃으며 손을 흔들었다.

"안녕하세요, 케이입니다. 원장님께 드릴 말씀이 있어서 올리비아 씨께 부탁을 드렸어요."

원장이 자리에서 벌떡 일어나며 옆에 있는 소파의 자리를 권했다.

"네, 일단 이리 앉으세요. 와우! 놀랐네요. 저는 브롱스 동물원의 원장인 엠마(Emma)라고 해요. 그냥 엠마라고 불러주세요."

건이 자리에 앉으며 웃었다.

"네 엠마. 동물원이 너무 예뻐요."

엠마가 다급하게 냉장고에서 주스를 꺼내 컵에 부은 후 테이블에 놓으며 웃었다.

"감사해요, 호호."

건이 엠마가 내어 준 주스를 한 모금 마시자 그를 보고 있던 엠마가 물었다.

"무슨 일이신가요?"

건이 올리비아와 엠마에게 자신의 집에 있었던 스토커 사건에 대해 설명하자, 두 사람이 크게 놀란 표정을 지었다.

"예? 집에서 소형 카메라가 백 대나 나왔다고요?"

"도청기까지요? 그거 완전 범죄 아니에요?"

건이 한숨을 쉰 후 말했다.

"네, 사실 오케스트라 공연이 얼마 남지 않은 상황에서 그 사건 때문에 어디서든 집중할 곳이 없어서 방황하다가 우연히 이곳에 온 거예요."

엠마가 안쓰러운 표정으로 건을 바라보자 건이 조심스럽게 말을 이었다.

"그래서 말인데요, 엠마. 어차피 제가 호텔에서 묵어야 하는 상황인데, 이곳 사육사 숙소가 비어 있으면, 이곳에서 생활하는 게 어떨까 해서요. 조용하고 너무 좋아서요. 호텔비에 상응하는 비용은 낼게요."

엠마가 건의 말에 잠시 고민하는 표정을 짓다가 올리비아에게 물었다.

"지금 사육사 숙소에 세 명이 살고 있죠? 그럼 숙소 일곱 개가 남아 있는 건가요?"

올리비아가 고개를 끄덕이며 부연 설명을 했다.

"네, 그중 한 곳은 별채입니다. 작년에 은퇴하신 부원장님이 사용하시던 별채요."

엠마가 고개를 끄덕인 후 말했다.

"음…… 그곳을 사용하시면 될 것 같기는 한데…… 저희는 뉴욕시의 지원을 받아 운영되는 동물원이라 비용을 받을 수는 없어요. 그렇다고 공짜로 드리긴 좀 그렇고……."

건이 마른 침을 삼키며 엠마의 입만 보고 있자, 엠마가 싱긋 웃으며 말했다.

"저희 일을 도와주시면 어때요? 동물원 일을 도와주시는 대가로 숙소를 이용하게 해드릴게요."

건이 활짝 웃으며 말했다.

"그럼요! 저 동물 좋아해요. 얼마든지 할게요!"

엠마와 올리비아가 서로를 바라보며 웃었다.

"과연 그럴까요? 하하! 알겠습니다. 올리비아, 케이를 안내해 주세요."

"네, 원장님!"


건이 엠마를 붙잡고 몇 번이나 감사 인사를 건넨 후 올리비아와 함께 숙소로 왔다. 숙소는 동물원 깊숙한 곳에 있었는데, 일반 전시관과 조금 떨어져 있는 산 중턱에 있어, 매우 조용했다.

숙소로 가는 길은 나무로 우거져 있었는데, 야생에 사는 산새들이 있는지 새 소리가 울렸다.

뉴욕에서 느끼기 힘든 자연의 향기를 한껏 들이마신 건이 기분 좋은 웃음을 지으며 별채로 향하는 도중 붉은 머리를 포니테일로 묶은 귀엽게 생긴 여성이 숙소 앞에서 트럭에 무언가를 싣고 있는 것을 보았다. 여성은 올리비아를 보고는 큰소리로 외쳤다.

"올리비아! 이것 좀 도와줘!"

올리이바아가 숙소 앞 울타리 안쪽으로 리키를 놓아준 후 말했다.

"알리사, 이게 다 뭐야?"

알리사라고 불린 여성이 부산하게 트럭 위에 포대 자루를 실어 올리며 말했다.

"꿍차! 이거 철새 먹이야."

갑자기 일을 시작한 올리비아를 멀뚱히 보던 건이 기타를 내려놓은 후 팔을 걷어붙였다. 알리사가 갑자기 나타난 건이 일을 돕기 시작하자 의아한 눈으로 건을 바라보았지만, 빠르게 일을 끝내야 하는지 힐끔 건을 바라본 후 자신이 할 일을 하기 시작했다.

세 사람이 일을 시작하니 15분도 걸리지 않아 모든 포대 자루를 트럭에 실을 수 있었다.

알리사는 트럭 위에 쌓인 포대 자루에 걸터앉아 이마의 땀을 닦으며 말했다.

"휴! 나 혼자 이걸 언제 옮기나 했는데, 타이밍 맞게 돌아와 줘서 다행이야. 이봐요, 그쪽도 정말 고마워요. 그런데 누구세요?"

건이 트럭 아래에서 트럭에 한 손을 걸치고 있다가 모자와 마스크를 벗고 싱긋 웃었다. 그 모습을 본 알리사가 손가락으로 건을 가리키며 입을 뻐끔거렸다.

올리비아가 웃으며 말했다.

"풋, 당연히 그런 반응일 거라고 생각했지. 인사해, 알리사. 케이야."

알리사가 계속 입을 뻐끔거리며 눈을 크게 뜨고 있자, 건이 말했다.

"반가워요, 알리사. 케이라고 합니다. 오늘부터 당분간 뒤쪽 숙소에서 살게 됐어요, 잘 부탁합니다."

알리사가 인사를 하는 건을 크게 뜬 눈으로 보다가 점점 손을 올려 자신의 입가에 댄 후 크게 소리를 질렀다.

"꺄아아아아악! 진짜 케이야?"

마당에서 장난을 치며 놀던 리키가 화들짝 놀라며 알리사를 보았고, 숙소 주변에 우거진 나무 위에서 놀던 새들이 놀라 후드득 날아올랐다.

그런 알리사를 어이없는 눈으로 보던 건이 피식 실소를 짓자 트럭 위에서 알리사가 뛰어내리며 건에게 안겨 왔다.

건이 갑자기 안기는 알리사를 당황한 눈으로 보자 올리비아가 뛰어와 알리사를 뜯어말렸다.

"알리사! 초면에 예의 없게 무슨 짓이야!"

알리사가 올리비아에 의해 건에게 떨어지면서도 소리를 질러댔다.

"꺄악! 케이야! 진짜 케이야! 이거 꿈 아니지! 맞지?"

건이 그런 알리사를 보며 웃었다.

올리비아는 웃음을 짓고 있는 건을 보며 말했다.

"죄송해요, 이런 애가 아닌데……."

"괜찮아요, 좋아해 주시는 건데요 뭐."

"아, 일을 도와주셔서 정말 감사해요. 이제 숙소로 안내해 드릴게요."

건이 내려둔 기타를 집어 들고 올리비아를 따라 숙소로 가자, 그 뒤를 졸졸 따라오는 알리사였다.

알리사는 건에게 찰싹 달라붙어 말도 하지 않고 건의 얼굴만 실실거리며 보고 있었다. 그런 알리사의 눈빛이 부담스러웠지만, 그저 웃고만 있는 건이었다.

숙소는 건이 살던 집보다 훨씬 큰 1층짜리 주택이었다. 올리비아와 알리사가 사는 곳 바로 뒤라 언제든 두 사람과 함께 일을 할 수 있는 거리에 있어 편해 보였다.

주머니에서 키를 꺼내 문을 연 올리비아가 거실로 들어간 후 테이블에 키를 놓았다.

"이 키가 숙소 열쇠에요. 가지고 계세요. 여긴 도둑이 들 염려는 없으니 문 열고 다니셔도 상관은 없을 거예요."

건이 키를 집어 들고 말했다.

"감사해요. 앞으로 잘 부탁해요. 그런데 세 분이라고 하지 않으셨어요?"

알리사가 건의 뒤에 있다가 고개를 내밀며 말했다.

"한 명은 코끼리 목욕시키러 갔어요. 곧 올 거예요. 테일러라는 애인데, 그 애도 케이 팬이랍니다!"

건이 장난스러운 알리사의 반응을 보며 웃자 올리비아가 말했다.

"식사하셔야죠? 오늘은 새 식구가 온 날이니 바비큐 파티를 해 볼까요?"

"하하, 감사해요."

"그럼 저희가 준비해 둘 테니까, 30분만 있다가 저희 숙소로 건너오세요! 가자, 알리사."

올리비아의 말에도 건의 얼굴만 뚫어지게 보고 있는 알리사를 강제로 끌고 간 올리비아가 문을 닫고 나가자, 건이 숙소 안을 보며 생각했다.

'후우……. 새로운 생활의 시작인가? 하하!'

건이 거실에 난 큰 창문 앞에 서서 어둑어둑해지는 저녁 하늘을 보았다. 나무 사이로 보이는 저녁 하늘은 조용한 분위기와 어우러져 무척 평온해 보였다.

건이 숨을 한껏 들이마신 후 활짝 웃었다.

'좋아! 딱 마음에 든다! 계속 여기서 살고 싶을 만큼!'

건이 창문틀에 팔꿈치를 대고 턱을 괸 채 밖을 바라보았다. 올리비아의 숙소와는 반대 방향으로 난 창문이라 창문 앞에는 작은 마당과 그 앞으로 난 숲만 보였다.

기분이 좋아진 건이 눈을 감고 한참 휘파람을 불며 평화로움을 만끽하다가 눈을 떴을 때 건은 자신의 눈앞에서 자신을 보고 있는 눈동자를 보고 놀라 뒤로 넘어졌다.

'쿠당탕탕!'

건이 발로 바닥을 밀며 황급히 물러났다.

"뭐, 뭐야! 호랑이?"

넘어진 채 눈을 크게 뜨고 창문을 올려다보고 있는 건의 눈에 창문 밖으로 보이는 호랑이의 이마가 보였다.

바닥에 넘어지고 나니 마주쳤던 얼굴이 보이지 않고, 이마만 보이는 호랑이였다. 창문 앞을 앞발로 긁고 있는지 벅벅, 벽을 긁는 소리가 났다. 건이 겁먹은 표정으로 이마만 보이는 호랑이를 자극하지 않기 위해 움직이지 않고 기다렸다.

"아씨! 파이! 너 자꾸 차에서 뛰어내릴래!"

갑자기 들려오는 뾰족한 여성의 목소리에 놀란 건이 창문의 오른쪽으로 시선을 던지자 창문 밖에 사육사 옷을 입은 여자가 호랑이 쪽으로 달려오는 것이 보였다.

여자는 건이 위험하다고 소리치기도 전에 바닥에 있던 호랑이를 들어 올렸다. 여자의 품에 안긴 호랑이를 본 건의 몸이 순간 얼어붙었다.

호랑이는 한눈에 봐도 어려 보였다. 하지만 완전히 새끼 호랑이는 아니었는지, 몸무게가 10킬로는 가뿐히 넘어 보였다.

순둥이 같은 얼굴로 여자의 얼굴을 핥고 있는 호랑이를 본 건이 겁먹고 넘어진 자신을 부끄러워하며 후다닥 일어섰다.

힘겹게 품에 호랑이를 안아 든 사육사가 건을 보며 눈을 동그랗게 떴다.

잠시 둘 사이에 침묵이 흐르고 여성 사육사가 비명을 질렀다.

"꺄악! 케이? 케이예요? 왜 여기 계세요? 어머나, 어머나!"

"진짜야? 이거 꿈 아니지?"

사육사가 소리를 지르자 놀란 파이가 품 안에서 버둥거렸다. 겨우 파이를 진정시킨 여성이 큰 소리를 듣고 달려온 올리비아에게 외쳤다.

"올리비아! 케이야, 케이! 너한테도 보여? 이거 실화야?"

올리비아가 건이 무사히 서 있는 것을 보고는 허리춤에 손을 올리며 말했다.

"너도 참……. 어떻게 그렇게 알리사랑 똑같은 반응이니, 테일러?"

테일러가 눈을 동그랗게 뜨고 물었다.

"응? 넌 알고 있었어? 뭔데, 뭔데?"

"당분간 여기서 생활하실 거야. 그러니까 귀찮게 하지 말고 편히 쉬도록 해드려."

테일러가 놀라며 물었다.

"진짜야, 진짜?"

올리비아가 손을 휘휘 저은 후 건에게 말했다.

"식사 준비가 다 되었어요. 건너오세요, 케이."

건이 어색하게 웃으며 말했다.

"네, 고마워요, 올리비아."

건이 집 밖으로 나오자 멀뚱히 건을 보고 있는 테일러와 그녀에게 잡혀 있는 파이가 보였다. 건이 테일러에게 인사를 건넨 후 한쪽 무릎을 꿇고 파이와 눈을 맞추었다.

"안녕? 난 케이야."

파이가 고개를 쑥 빼고 건의 얼굴을 핥았다. 기분 좋은 웃음을 터뜨린 건이 일어나자 파이가 건의 다리에 매달려 재롱을 떨었다.

건이 잠시 파이와 놀아주고 있는 것을 얼빠진 눈으로 보고 있던 테일러가 중얼거렸다.

"지, 진짜…… 케이다……. 헐."

잠시 후 세 여자의 숙소 앞마당에서 바비큐 파티가 열렸다.

마당에는 파이와 리키가 공을 갖고 놀고 있었는데, 고기를 불에 올리자마자 파이가 후다닥 달려와 바비큐 그릴 앞에 앉아 고기에 시선을 집중했다. 그에 반해 리키는 고기에 별 관심이 없는지 혼자 공을 굴리며 놀았다.

부산하게 마당에 있는 테이블로 음식들을 가져다 놓은 세 여자가 건과 눈을 마주칠 때마다 웃었다. 건 역시 그녀들과 눈을 맞추며 웃어주자 분위기는 곧 화기애애해졌다.

건이 소매를 걷어붙이고 바비큐를 굽기 시작하자, 음식들을 다 옮긴 세 여자가 테이블에 앉아 건에게 질문을 던지기 시작했다.

"케이, 그럼 이제 우리 함께 사는 거예요?"

"케이, 언제까지 있는 거예요?"

"여기 왜 오신 거예요?"

건이 알리사와 테일러의 질문을 듣고 바비큐를 뒤집으며 말했다.

"네, 뒤편의 숙소에서 살 거예요. 사정이 있어서 집에는 못 가게 되어서요, 언제까지 여기서 지내게 될지는 저도 잘 모르겠네요."

건은 바비큐를 모두 구워 그릇에 옮긴 후 식사를 하는 한 시간 내내 알리사와 테일러의 질문 폭탄을 받아야 했다. 다행인 건 올리비아라도 질문을 하지 않고 조용히 듣고 있어 준다는 정도였다.

식사가 끝나고 정리를 한 후 올리비아가 내어준 커피를 마시며 담소를 나누던 중 테일러가 말했다.

"저기, 케이. 분위기 좋은 저녁인데, 노래 한 곡 해주시면 안 돼요?"

알리사가 좋은 생각이라는 듯 동조했다.

"맞다, 맞다! 저희 케이 팬이에요. 노래 한 곡만 해주세요, 네에? 실제로 들어보고 싶어요."

올리비아가 두 사람을 나무라는 듯 말했다.

"알리사, 테일러. 그런 말은 실례야. 편히 쉬러 오신 분께 그러지 마."

테일러가 올리비아를 본 후 건에게 다급히 말했다.

"오늘 딱 한 번만요! 다시는 해달라고 안 할게요, 네?"

건이 알리사와 테일러를 번갈아 보다가 피식 웃었다.

"잠깐만요, 제 숙소에 가서 기타를 가져올게요."

건이 자리에서 일어나자 기대에 찬 눈으로 건을 바라보는 두 사람이었다. 재미있는 것은 나무라던 올리비아까지 기대에 찬 눈빛으로 변해 있었다는 것이었다.

잠시 후 J-200을 가져온 건이 의자에 앉았다.

파이와 리키가 기타를 처음 보는지 다가와 기타에 손을 올려보고, 건드려 본 기타 줄에서 소리가 나자 화들짝 놀라 물러서기도 했다.

그 모습에 건이 웃으며 파이와 리키의 머리를 쓰다듬어 준후 말했다.

"흠흠, 오늘 우연히 이곳을 발견하고 난 후 동물원을 돌아보고 나서, 그동안 너무 여유 없이 살아온 저 스스로에게 조금 미안해졌어요. 이렇게 가까이에 귀여운 친구들이 있고, 또 이렇게 아름답고 밝은 분들이 계신 것도 모르고 너무 바쁘게만 달려왔네요."

세 여성이 몽롱한 표정으로 건의 말에 집중하자 건이 입을 떼었다.

"이 노래는 제가 스스로에게 하는 노래라고 생각해 주세요."

건의 깁슨 기타가 나직하게 울었다. 기타 소리는 마치 첼로와 바이올린의 합주를 듣는 것처럼 저음과 고음을 왔다 갔다하며 울렸다. 코드를 잡은 건의 손이 조용하고 느린 곡답지 않게 바쁘게 넥을 위아래로 오갔다. 건의 기타는 점보 바디의 기타답게 저음에서 큰 울림과 공명을 내었다.

리키와 파이가 기타에서 흘러나오는 아름다운 연주에 놀랐는지 고개를 갸웃거리며 건의 앞에 쪼그리고 앉아 귀를 쫑긋거렸다.

건이 눈을 감은 채 조그맣고 나직한 속삭임을 내뱉었다.

만약 당신이 우울하고 허망하다면.

아마 당신은 또다시 너무 많은 일을 하고 있기 때문일 거예요.

당신은 정신없이 사는 데에 모든 시간을 쓰죠.

세 사육사의 귀에 들리는 건의 목소리는 마치 누군가 귀에 바싹 입을 대고 속삭이는 것 같았다. ASMR(Autonomous Sensory Meridian Response) 같은 느낌을 받은 세 사육사의 눈이 저절로 감겼다.

파이가 조금씩 몸을 움찔대며 끙끙거렸고, 리키가 건의 다리를 안고 매달렸다. 건이 자신의 다리를 타고 올라오는 리키의 따뜻한 체온을 느끼며 입가에 미소를 지었다.

시간이 조금 있나요?

조금만 나에게 나누어줄 시간이 조금 있나요?

천천히 가요, 내 사랑. 당신은 나를 혼란스럽게 하고 있어요.
무언가 쫓기는 듯한 기분이 들거든, 그냥 불러요.
당신은 모든 시간을 누군가 봐주길 기다리는 데에 쓰죠.

후렴구를 연주하는 건의 손이 스트로크를 치자, 연주의 볼
륨이 높아졌다. 커지는 사운드에 눈을 뜬 세 사육사가 건을 빤
히 바라보자, 건이 아름다운 목소리로 후렴구를 부르기 시작
했다.

여기, 당신의 삶의 옆에 있는 나를.
난 당신의 곁에서 서서.
당신이 놓친 것들을 깨 닿게 해주고 싶어요.
만약 당신에게 조금만 시간이 있다면.
만약 당신이 내게 조금만 시간을 내주기만 한다면.

파이가 목을 길게 빼고 울기 시작했다. 입을 모으고 고개를
젖힌 파이가 건의 노래를 따라 하겠다는 듯 울자 건이 웃으며
눈을 떴다. 노래는 끝냈지만, 연주를 계속하는 건의 눈에 슬퍼
보이는 귀여운 눈을 하고 소리를 내고 있는 파이가 보였다.
올리비아가 파드득하는 소리에 고개를 돌려 숙소 쪽을 보
자 숙소 지붕 위에 모여들고 있는 새들이 보였다.

새들은 점점 모여 서른 마리 이상이 숙소 지붕에 앉아 마치 건의 노래를 듣기라도 하는 것처럼 아래를 보고 있었다. 이상한 현상에 알리사와 테일러도 주위를 둘러보았다.

멀리 보이는 기린 우리 속에서 하나둘씩 고개를 든 기린의 얼굴들이 보였다. 희한하게도 기린들은 모두 이쪽으로 고개를 돌리고 있었다.

고개를 갸웃거리고 있는 세 여자의 시야에 보이지 않았지만, 각자의 우리 속에 갇혀 있던 동물들도 모두 귀를 쫑긋거리며 건의 노래를 듣고 있었다.

푸르륵 거리며 귀를 움직여대는 얼룩말도, 축 늘어져 눈만 끔뻑 거리는 북극곰도, 부산하게 오가며 장난을 치던 원숭이들도 조용히 건의 노래에 귀를 기울이고 있었다.

연주가 끝나고 주위를 둘러보던 세 여자가 건을 보자, 건의 무릎을 붙잡은 채 잠이 들어버린 리키와 조용히 건을 올려다보고 있는 파이가 보였다.

너무나 아름다운 남자가 바닥에 앉은 아기 호랑이를 웃는 얼굴로 내려다보고 있는 것을 입을 벌린 채 보던 알리사가 나직하게 말했다.

"뭐냐…… 천사인 거야?"

연주를 끝낸 건이 기타를 옆에 세워두고 자신을 보고 있던 파이에게 양손을 내밀자 파이가 폴짝 뛰어올라 건에게 안겼다.

한참 건의 얼굴을 훑으며 침을 묻힌 파이를 보며 웃던 건이 고개를 돌리자, 지붕 위에 잔뜩 앉아 있던 새들이 한꺼번에 날아올랐다. 갑자기 날아오르는 새들을 놀란 눈으로 보던 건이 활짝 웃으며 하늘을 보았다.

오늘따라 밝은 달이 건의 웃는 얼굴을 환하게 비추자, 이번에는 테일러가 중얼거렸다.

"미치겠다…… 남자가 왜 저렇게 예쁘니?"

멍하니 건의 얼굴만 뚫어지게 보는 세 여자였다.

그날 밤, 브롱스 동물원은 개관 아래 처음으로 동물들의 소음이 없는 밤을 맞이했다. 동물원에 있는 수많은 동물은 동물원으로 이송된 후 처음으로 깊은 잠에 빠져 다음 날 해가 뜰 때까지 편안한 잠을 잤다.

출근한 다른 사육사들이 입구에 서서 너무 조용한 동물들을 보며 고개를 갸웃할 때까지.

♪♪♩

새벽 일찍 일어난 건이 올리비아를 따라 코끼리 사육장으로 향했다. 건이 희망하는 일은 아기 동물들을 돌보는 것이었지만, 아직 어리고 면역력이 떨어지는 아기 동물들을 맡기에 건이 가진 경험은 일천한 것이었다.

결국, 사육장의 잡일을 담당하게 된 건은 새벽부터 산처럼 쌓인 코끼리 똥을 치우고, 순차적으로 사육장을 돌며 주로 배변을 치우는 일을 담당했다.

얼굴이 알려져 있는지라 동물원 개장을 하기 전까지만 일을 한 건이 숙소로 돌아와 샤워를 한 후 소파에 털썩 주저앉았다.

"으햐! 힘들다, 사육사님들 진짜 존경스럽네. 어떻게 이 일을 매일 하시지?"

잠시 시원한 음료로 목을 축이고 있던 건이 가져온 전자 키보드 앞에 앉아 'A person falling'의 악보를 훑어보았다.

'오케스트라의 기본부터 시작해 보자.'

'A person falling'의 악보를 한쪽으로 치운 건이 짐을 싸둔 가방에서 악보 더미들을 꺼냈다. 잠시 악보를 분류한 건이 정확히 49개의 악보를 분류한 후 키보드 앞에 앉았다.

'멘델스존의 '무언가(無言歌)'는 피아노의 왼손 부분이 단순하다. 이 단순한 곡 위에 A person falling을 얹어보는 연습부터 해보자.'

건이 제1장 '사냥의 노래'의 왼손 연주 위에 'A person falling'의 선율을 얹어보았다. 서로 코드가 맞지 않아 불협화음을 냈고 뒤이은 베네치아의 뱃노래와 봄의 노래에서도 역시 서로 어울리지 않았다.

소음이라도 듣는 듯 연주 내내 인상을 찌푸린 건이 키보드에서 손을 떼었다.

'음…… 이 방법은 역시 처음 작곡할 때나 쓰는 방법이구나. 기존의 곡을 편곡할 때 연습하기에는 틀린 연습 법이었어…….'

건이 가방을 뒤져 여러 개의 오케스트라 악보를 꺼냈다. 악보 한 뭉치를 가지고 침대로 간 건이 엎드린 채 악보를 필사하기 시작했다. 여섯 시간이 넘는 시간 동안 점심도 거르고 손으로 악보를 써 본 건이 허리가 아픈 듯 허리춤을 부여잡고 침대에서 일어났다.

'음…… 역시 대가들의 음악을 필사하는 건 도움이 되는구나. 전체적인 스케일의 흐름에 대한 이유를 어렴풋이나마 알 수 있을 것 같다. 조금만 더 해보자.'

잠시 침대에서 일어나 기지개를 켠 건이 허리를 이리저리 돌리며 이번에는 벽에 등을 기대고 침대에 앉아서 악보를 필사하기 시작했다.

건이 필사하고 있는 악보는 주로 드보르작의 악보였는데, 여러 오케스트라의 스케일을 이해하기 위해 필사를 하며 머릿속으로 음악을 연상하는 건이었다.

약 두 시간가량을 더 필사에 집중한 건이 고개를 들고 창을 바라보았을 때는 이미 늦은 오후의 노을이 지고 있는 시간이었다.

'시간 엄청 빨리 가네.'

건이 자리에서 일어나 창틀에 손을 기대고 다리를 뒤로 뻗은 채 뭉친 어깨 근육을 풀었다. 온몸에서 장시간의 작업에 대해 불만을 이야기하는 듯한 우두둑 소리가 났다.

건이 잠시 몸을 푼 후 노을이 지는 창밖을 바라보며 팔짱을 끼고 생각에 잠겼다.

'A person falling는 대위법으로 접근하기는 어렵겠지?'

대위법은 현재 화성학에서 사용하는 7음계의 이론이 적립되기 전에 나온 것인데, 화성학이 코드별로 진행되는 수직적 흐름을 중요시한다면, 대위법은 음이 흘러가는 중에 나오는 수평적 흐름을 중요시한다.

쉽게 말해 주선율이 존재하고 이에 대응하는 선율이 존재하는 음악으로, 프랑스 민요 중 '동네 한 바퀴'나 파헬벨의 명곡 '캐논 변주곡'을 들 수 있다.

'음…… 일반 화성학으로 한다고 해도 관현악법에 대해 무지한 드미안에게 레게 음악의 마무리 편곡을 맡길 수 없을 테니, 결국 내가 해내야겠구나. 마지막 작업은 드미안의 조언을 받아 마무리하자.'

결론을 낸 건이 노트를 꺼내 오케스트라에 사용될 악기 이름을 나열했다. 여러 악기를 나열한 건이 턱을 괴고 고민에 빠졌다.

'문제는 금관 악기다. 단 한대의 금관 악기로 수십 대의 바이올린 소리를 뚫어내는 것이 바로 금관 악기의 위력인데…… 트럼펫 2대가 문제구나.'

건이 미리 만들어 둔 'A person falling'의 피아노 악보 아래 오케스트라 악보를 추가하기 시작했다.

관현악에서 중요한 요소 중 하나는 악기들을 어디에 배치할 것이고, 어디에서 쉬게 할 것이고, 어느 부분에서 어떤 악기가 메인이 되고, 또 어떤 악기의 소리를 죽이는가에 대한 '배치'였다.

'A person falling의 음계에 따라 화성학적 개념으로 접근하면 문제는 간단하지만 볼륨의 부분을 해결해야 끝날 것 같네……'

건이 한참 악보를 만들어가고 있을 때 멀리서 뛰어오는 귀여운 발걸음 소리가 들렸다.

건은 고개를 들기 전부터 얼굴 가득 웃음이 번졌다. 다다닥 뛰어오는 발걸음이 가까워지자 건이 활짝 웃으며 두 손을 펼쳤다. 건의 품에 냉큼 안겨든 리키가 반갑다는 듯 건의 얼굴을 핥았다.

"꺄하하하! 리키! 오늘도 잘 놀았어?"

열린 문 사이로 어슬렁어슬렁 들어오던 파이도 건을 보고는 빠르게 달려와 애교를 피우기 시작했다.

건이 머리카락을 살짝살짝 깨물던 파이가 건의 얼굴을 핥기 시작했다.

순식간에 곰과 사자의 침으로 범벅이 된 건이 웃으며 자리에서 일어났다.

"아이구, 이놈들! 덕분에 세수해야 하잖아."

건이 화장실로 가 세수를 하는 동안에도 두 아기 동물이 화장실 앞에 쪼그리고 앉아 건을 기다렸다. 건이 세수를 마치고 나오자 올리비아가 열린 문 앞에 서 있는 것이 보였다.

건이 반색하며 손을 들었다.

"아, 올리비아. 동물원은 폐장했나요?"

올리비아가 한 손으로 문을 잡은 채 웃었다.

"네, 방금 끝내고 온 거예요. 작업은 잘 돼가요?"

건이 세수할 때 튄 물로 살짝 젖어 있는 머리를 털며 말했다.

"음, 좀 골치가 아프네요. 이게 쉽게 해결할 문제가 아니라서요."

올리비아가 팔짱을 끼고 문가에 기대며 말했다.

"그래요? 나한테 털어놔 봐요. 뭐가 문제예요?"

건이 씨익 웃으며 말했다.

"관현악이에요. 너무 어려운 내용이라 음악을 하는 분이 아니면 질문도 이해하지 못하실걸요?"

올리비아가 손가락 하나를 들며 말했다.

"우리 할아버지께서 말씀하셨어요. 세상의 모든 어려운 난제의 답은 의외로 쉬운 생각 안에 있다."

건이 웃음을 지으며 말했다.

"음…… 명언이시긴 한데요?"

올리비아가 건이 웃고만 있자 다시 물었다.

"그러지 말고 말해봐요. 혹시 알아요? 도움이 될지."

건이 올리비아에게 들어오라는 듯 소파를 가리키자 올리비아가 팔짱을 풀고 들어와 소파에 앉았다. 냉장고에 미리 채워둔 음료수를 내어준 건이 소파에 앉으며 말했다.

"오케스트라는 참 많은 악기가 내는 소리를 조합해 구성하는 음악이에요. 이 음악을 만들 때 가장 중요한 것은 '배치'이고요."

올리비아가 고개를 끄덕이며 말했다.

"그 정도는 알아요. 바이올린이나 첼로 외에 악기 이름도 잘 모르지만, 아무튼 엄청 많은 악기가 나오고, 같은 악기를 든 여러 연주자가 함께 앉아서 연주하잖아요?"

"맞아요, 올리비아. 같은 바이올린이라고 해도 같은 선율을 연주하는 때가 있고, 그렇지 않을 때가 있거든요."

"그래요? 전 같은 악기는 같은 음만 연주하는 줄 알았는데, 아니구나."

"하하, 네. 공연을 봐도 금방 알아챌 수 있는 분은 전공자나

가능할 거예요."

"그래서요? 배치가 문제예요?"

"음…… 정확히는 선율의 배치가 아니라 볼륨의 문제라고 봐야죠."

"볼륨이요? 소리의 크기를 말하는 거예요?"

"네, 어떻게 잘 버무려야 조화가 되는 소리가 나오는가가 가장 큰 문제예요."

올리비아가 잠시 고민하는 표정을 짓더니 갑자기 활짝 미소를 지었다. 자리에서 벌떡 일어나 건에게 다가온 올리비아가 손을 내밀었다.

건이 어정쩡한 자세로 올리비아가 내민 손을 바라보고 있자, 얼굴 가득 웃음을 띤 올리비아가 말했다.

"제가 도움이 될지도 모르겠네요. 가요."


건이 올리비아의 손을 잡자 손을 잡아당겨 일으킨 올리비아가 건의 손을 잡은 채 밖으로 나갔다. 리키와 파이가 졸졸 따라왔지만, 거세게 손을 끌어대는 올리비아 덕분에 건은 정신 없이 발을 놀리기에도 바빴다.

숙소 뒤로 난 언덕길을 따라 약간 높은 산으로 올라가자 곧 산 아래가 환하게 보이는 언덕이 나왔다. 시원한 바람이 주는 청량감에 잠시 언덕 아래의 경치를 감상하던 건이 아무 말 없이 웃음 짓고 있는 올리비아를 보았다.

"좋은 곳이네요. 숙소 뒤에 이런 곳이 있는지 몰랐어요. 그런데 여긴 왜 온 거예요?"

올리비아가 미소를 지으며 언덕 아래를 눈짓했다. 건이 올리비아의 눈짓에 다시 언덕 아래를 보자 브롱스 동물원이 한눈에 내려다보였다.

저 멀리 기린부터, 사자와 고릴라, 북극곰과 원숭이들의 우리, 큰 규모의 새장들도 모두 눈에 들어왔다. 숲 한가운데 세워진 브롱스 동물원은 위에서 내려다보는 것만으로 하나의 예술 작품을 보는 듯했다.

건이 잠시 동물원의 모습을 내려다보다 말했다.

"좋네요. 잠시라도 바람을 쐬면서 머리를 식히라는 의민가요?"

올리비아가 잡은 손을 꼭꼭 눌렀다. 건이 자신의 손을 누르는 올리비아를 쳐다보자 올리비아가 눈을 감고 손을 귀에 댔다.

"들어봐요."

건이 의아한 눈으로 올리비아를 보다가 다시 동물원을 내려다보며 눈을 감았다.


사자의 으르렁거리는 소리.

고릴라가 헉헉대는 소리.

코끼리의 뿌우 하는 소리.

얼룩말의 푸르륵 소리.

원숭이들의 꺅꺅 소리.

늑대들의 하울링 소리.

새들의 울음소리.

숲의 나무들이 바람에 흔들리는 소리.

그리고 그 바람이 귀에 울려 공명하는 소리.


그 모든 자연의 소리가 하나의 거슬림도 없이 하나가 되어 있었다. 서로 어울리지 않아 혼자 울릴 때 소음처럼 들리는 모든 자연의 소리가 단 하나의 거슬림도 없이 하나가 되어 있었다.

눈을 감은 건의 얼굴에 놀라움이 퍼졌다. 눈을 감은 채 눈썹을 꿈틀거리며 소리에 집중하는 건을 본 올리비아가 조용히 잡은 손을 놓았다.

올리비아가 한참 건을 바라보다 먼저 언덕 아래로 내려가 숙소로 돌아갔지만, 건의 감은 눈꺼풀은 한참 동안 올라가지 않았다.

석양이 지고, 어두움이 몰려오자, 소리는 다르게 바뀌어 갔다. 분명 같은 소리지만 감싸고 있는 온도가 내려가서인지, 단지 동물들이 낮과 밤에 내는 소리가 다른지는 알 수 없었지만,

자연의 소리는 변해갔다.

하지만 그 역시 단 하나의 음도 거슬림이 없었다.

눈을 감은 채 눈가를 파르르 떨던 건의 눈이 떠졌다.

'이거다!'

건의 눈에 어두운 동물원 위를 날아다니는 산새들과 산새들의 자유로움을 부러운 듯 올려다보는 동물들이 들어왔다.

시끄러운 차들과 사람들이 없는 동물원에 가득한 자연의 소리가 시각이 주는 청량감과 함께 한 번 더 건의 몸으로 밀려들어왔다.

건이 양팔을 벌리고 다시 눈을 감으며 활짝 웃었다.

"이거야. 자연의 소리. 내가 찾아야 할 소리는 자연의 소리였어!"

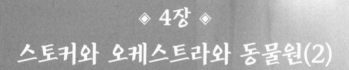

◈ 4장 ◈
스토커와 오케스트라와 동물원(2)

　다음 날 건이 오전 일을 마치자마자 미숀과 드미안을 동물원의 숙소로 불렀다.

　드미안이 주머니에 손을 넣은 채 동물원 내의 있는 숙소를 신기하다는 눈빛으로 살펴보며 말했다.

　"이야, 사육사들 숙소가 있다는 건 알고 있었지만, 와보는 건 처음이네."

　뭐가 그리 신기한지 여기저기 둘러보며 기웃거리는 드미안을 본 건이 웃으며 말했다.

　"그렇죠? 저도 와본 건 처음이에요. 여기 정말 엄청 예쁘고 좋죠?"

　"하하, 그러네. 그런데 냄새는 좀 난다."

미손이 그런 둘을 보며 말했다.

"동물들이 많으니 냄새는 어쩔 수 없겠지. 그런데 케이. 뭔가 감을 좀 잡은 거야?"

공연이 얼마 남지 않았다는 생각에 몸이 달았는지 미손이 재촉했다. 건이 그런 미손을 보며 웃었다.

"응, 잡았어. 그것도 아주 제대로 잡은 것 같아."

미손이 기뻐하는 표정을 지으며 말했다.

"오! 그래? 악보 좀 보자!"

건이 미소를 지으며 악보를 건네자 여기저기 신기한 것이 많은지 기웃거리던 드미안 역시 자리로 돌아와 진중한 표정으로 악보에 집중했다.

미손이 천천히 악보를 읽어 내려가며 턱을 쓸었다.

"음…… 일단 음계는 화성학에 관현악법은 제대로 들어가 있네. 공부 좀 했나 봐?"

건이 팔이 아프다는 시늉을 하며 웃었다.

"덕분에 드보르작 악보를 몇 개나 필사했는지 기억도 잘 안 나."

드미안이 신중한 표정으로 악보에서 눈을 떼지 않으며 말했다.

"음…… 악보로 봐서는 일반적인 오케스트라 악보로 보이는데…… 트럼펫에 뮤트(Mute) 표기가 있네? 스트레이트 뮤트기를 장착하라는 뜻인가? 소리 줄이게?"

건이 냉장고에서 음료를 꺼내며 말했다.

"맞아요, 드미안. 트럼펫 소리를 최대한 줄여서 전체적인 조화를 만들려고 해요."

드미안이 혀를 차며 말했다.

"뮤트기를 쓴 트럼펫을 오케스트라에 썼다는 이야길 못 들어봐서 난 감이 안 잡히네."

건이 웃으며 음료를 내밀었다.

"시도해 봐야죠. 드미안이 섭외한 연주자들은 언제 와요?"

드미안이 음료수를 따 마신 후 입을 닦고 말했다.

"이미 와 있지. 먼저 줬던 피아노 악보만 던져줬어. 잔뼈 굵은 놈들이라 대충 감은 잡았을 거야."

건이 미손을 돌아보며 말했다.

"미손은 피아노 연주로 편곡한 곡 연습은 끝내셨어요?"

미손이 악보에서 계속 눈을 떼지 않은 채 고개만 끄덕였다.

"그럼. 난 원래 피아노가 주 전공이라고. 그 정도야 한 시간만 연습해도 충분하지. 원래 내 곡이기도 하고."

건이 박수를 치며 말했다.

"좋아! 그럼 일단 오늘은 오케스트라를 찾아가서 악보를 주고 연습을 한번 지켜보자."

건의 말에 자리에서 일어난 셋이 드미안이 타고 온 차를 타고 줄리어드 오케스트라가 연습 중인 앨리스 툴리 홀(Alice Tully Hall)을 찾았다.

줄리어드 스쿨 내에 있는 공연장에는 80명이 넘는 연주자가 앉아 이번 공연에서 연주할 다른 곡들을 연주해 보고 있었는지, 홀에 들어가기 전부터 음악 소리가 흘러나왔다.

문을 연 일행이 오케스트라의 연습이 방해되지 않게 조용히 관객석에 앉았다.

자리를 잡은 후 무대를 바라보던 미손이 고개를 갸웃하며 슬쩍 입을 열었다.

"응? 지휘자가 여자야? 드문 일인데……."

건이 미손의 말을 듣고 뒷모습만 보이는 검은 머리의 여성 지휘자를 보며 말했다.

"왜? 요새는 여성 지휘자들도 유명한 분이 많은데. 육체적으로 힘든 일도 아닌걸."

미손이 고개를 저으며 말했다.

"그건 정말 오산이야. 전체적인 악보의 계산과 열정적인 연주 지시는 보기보다 엄청난 체력을 소모하거든. 그래서 여성에게는 여전히 힘든 직업이지. 아, 여성의 능력이 떨어진다는 뜻은 아니니 오해하지 마. 단지 체력적인 부분에서 그렇다는 거야."

건이 알겠다는 듯 고개를 끄덕이자, 드미안이 말했다.

"이번 공연에서 몇 곡 한데? 일단 우리 것은 딱 한 곡뿐이 잖아."

"공연 시간이 두 시간가량 되니까, 적어도 8곡은 넘지 않 을까요?"

"뭐? 두 시간이나 되는데 8곡밖에 안 돼?"

"오케스트라 음악은 15분이 넘는 것도 많아요, 드미안."

"음…… 그렇겠군. 내가 하는 음악은 길어야 4분이라. 두 시간 채우려면 멘트하는 시간을 포함해도 20곡은 필요한데 말이지."

"하하, 그렇죠. 클래식 음악들은 워낙 연주 시간이 기니까요."

"응, 그래서 난 항상 클래식을 듣고 있다가 잠이 들지. 타임 머신을 탄 기분이야. 항상 공연 시작쯤까지만 기억이 나고, 일 어나면 사람들이 박수를 치고 있더라고."

"하하하, 드미안. 그런 말은 저 앞에 계신 분들에게는 하시 면 안 돼요."

"내가 그런 눈치도 없어 보이냐. 알았어, 알았어."

손을 휘휘 젓는 드미안을 보고 웃음 짓던 건이 오케스트라 의 연습 소리가 멈추는 것을 보고 다시 무대로 고개를 돌렸다.

"아, 쉬는 시간인가 봐요. 지금 빨리 가서 지휘자를 만나보 죠."

건이 황급히 자리에서 일어나 무대로 뛰어갔다. 드미안과 미손은 조금 천천히 일어나 걸어서 무대로 향했다.

건이 재빨리 무대 옆 계단을 뛰어 올라오자, 악보를 정리하고 있던 여성 지휘자가 놀라는 눈빛을 보냈다.

여성 지휘자는 검은 머리를 포니테일 스타일로 단정하게 묶고 눈처럼 하얀 피부를 가진 이십 대 초반의 여성이었는데 아이라인이 짙어 눈이 깊숙해 보였고, 분홍빛 립글로즈로 입술이 반짝거렸다.

그녀는 건을 보고 놀라 들고 있던 악보를 놓쳐 버렸다.

건이 허공에서 바닥으로 흩날리는 악보를 보고는 하나씩 주워 들며 말했다.

"아, 죄송해요. 제가 너무 뛰어왔나 보네요, 많이 놀라셨어요?"

악보를 주워든 건이 지휘자 단상에 악보를 올리며 싱긋 웃자, 여성 지휘자가 당황스러운 표정으로 얼굴을 붉혔다. 건이 잠시 지휘자를 살펴본 후 말했다.

"오케스트라 지휘학과의 사브리나 씨 맞으시죠? 이번에 미손 오노 레논 씨와 함께 연주에 참여할 케이라고 해요."

사브리나가 두 손을 모으고 고개를 약간 숙인 채 기어들어 가는 소리로 말했다.

"아…… 네. 아, 안녕하세요."

사브리나가 고개를 푹 숙인 채 건과 눈을 마주치지 못하자 건이 어정쩡하게 그녀를 바라보고 있었다.

잠시 후 천천히 걸어오던 미숀이 사브리나에게 말했다.

"사브리나 씨? 전 지난번에 인사드렸었죠? 오늘은 함께 작업할 케이와 드미안이 함께 왔습니다. 악보를 전해드릴 겸, 연습도 지켜볼 겸요."

사브리나가 건의 옆에 선 미숀을 보며 순식간에 냉기가 흐르는 얼굴로 말했다.

"네, 미스터 레논. 며칠 만에 뵙네요."

건 앞에서 보인 모습을 보지 못한 미숀이 쓴웃음을 지으며 말했다.

"언제나 그렇게 쌀쌀맞으시군요. 예쁘신 분인데 좀 웃으시면 더 좋을 텐데요."

사브리나가 냉정한 얼굴로 미숀을 노려보며 차가운 목소리로 말했다.

"저는 여자가 아니라, 지휘자입니다. 그런 말씀은 삼가주세요. 미스터 레논."

미숀이 양손을 들고 웃으며 말했다.

"네네, 알겠습니다. 사브리나 씨. 제가 실례를 했네요. 케이, 악보부터 드려."

건이 앞으로 나서며 악보를 내밀자, 사브리나가 두 손으로 받으며 얼굴을 붉혔다.

"여기 있어요, 사르비나 씨. 악보를 너무 늦게 드려서 정말 죄송합니다."

사브리나가 약간 당황한 표정으로 말했다.

"아, 아닙니다. 케이 씨. 괜찮습니다. 그, 그럼 전 이만……."

황급히 악보를 손에 쥐고 대기실로 들어가 버리는 사브리나의 뒷모습을 얼떨떨한 표정으로 보고 있던 건에게 미숀이 말했다.

"뭐야, 저 여자? 나한테는 찬 바람만 불더니, 케이한테는 얼굴이나 붉히고, 하여간 여자들이란!"

드미안이 뒤에서 주머니에 손을 넣은 채 웃었다.

"이해하라고, 미숀. 케이가 잘생겨서 그런 거야. 우리 같은 놈들은 꿈에 못 꾸는 대접이지."

건이 뒤통수를 긁으며 이미 닫힌 대기실 문을 빤히 보며 말했다.

"음…… 좀 특이하신 분이네. 그나저나 논의할 시간도 없었네, 어쩌지?"

미숀이 불만스럽다는 듯 입을 내밀며 말했다.

"성격은 저래도 학과 수석이야, 저 여자. 레온틴 프라이스 교수님도 칭찬하던 학생이니 실력은 확실하겠지. 내 전화번호도 줬으니 질문이 있으면 전화할 거야, 걱정하지 말고 가서 밥이나 먹자."

셋이 학교 안에 있는 식당으로 향해 식사를 했다.

밥을 먹던 미숀이 화장실이 가고 싶어져 자리에서 일어나 걷는 도중 한 통의 문자를 받았다.

-사브리나 몰리 : 케이 씨에게 질문이 있어서 그러는데, 어디 사시는지 아시나요?

미숀이 핸드폰을 보며 고개를 갸우뚱한 후 답 문자를 보냈다.

-미숀 오노 레논 : 전화번호를 알려드릴까요. 사브리나 씨?
-사브리나 몰리 : 전화로 여쭤볼 내용이 아닙니다. 살고 계시는 곳을 알려주시면 제가 찾아뵐게요.

미숀이 지금 케이의 상황을 잠시 떠올리고 다시 문자를 보냈다.

-미숀 오노 레논 : 아…… 그게 그 친구가 사정이 좀 있어서 그러는데, 아직 학교시면 저희가 찾아갈게요.
-사브리나 몰리 : 집을 모르시는 건가요?
-미숀 오노 레논 : 아니요, 조금 문제가 있어서 그렇습니다.
-사브리나 몰리 : 알겠습니다. 다시 연락 드리죠.

-미숀 오노 레논 : 저희 학교 식당에 있습니다. 바로 뵐 수 있습니다.

한참 서서 사브리나의 답장을 기다리던 미숀이 오 분이 넘게 답이 오지 않자 의아한 표정으로 화장실로 향했다. 드미안이 화장실을 간 미숀이 한참 만에 돌아오자 물었다.

"미숀, 무슨 화장실을 그렇게 오래 있어? 장에 문제라도 있는 것 아니야?"

미숀이 식당의 자리에 앉아 의자를 끌며 말했다.

"어, 아니야. 잠깐 사브리나 씨랑 문자 하느라고."

"뭐라는데?"

"다짜고짜 케이한테 말할 것이 있다고 집을 알려 달라잖아? 좀 이상해서 안 알려줬거든, 근데 다시 또 찬바람을 불며 문자에 답이 없네."

"호오? 그 여자 진짜 케이 좋아하나 보네?"

드미안이 짓궂은 표정으로 건을 보자 건이 어색하게 웃다가 말했다.

"그럼 오늘은 일정 끝이네요? 잘됐네요, 동물원 일 도울 것 많은데. 전 그만 가볼게요. 혹시 사브리나 씨께 연락이 오면 말씀해 주세요."

데려다주겠다는 드미안을 만류한 건이 지하철을 타고 브롱스 동물원에 도착했다. 아직 동물원 운영 시간이라, 꽤 많은 사람이 서성거리는 것을 본 건이 고개를 푹 숙이고 동물원 내로 뛰어들어갔다.

드미안의 차로 오느라 모자와 마스크를 두고 왔기 때문이었다. 정신없이 뛰어 숙소에 도착한 건이 숨을 헐떡이며 소파에 앉았다.

"푸하, 헥헥! 숨넘어가는 줄 알았네."

건이 소파에 늘어져 있는 도중 문으로 다가오는 누군가의 발소리를 듣고 고개를 들었다. 창밖에 테일러가 건과 눈을 마주치고는 웃음을 짓고 있는 모습이 들어왔다.

"아! 테일러, 일 벌써 끝났어요?"

건이 얼른 일어나 문을 열자 밖에 있던 테일러가 웃으며 말했다.

"아니에요, 제가 지금 고릴라 우리 쪽에 출산이 있어서 그쪽에 가 봐야 하는데 파이를 봐줄 사람이 없어서요. 혹시 케이가 숙소에 계시면 부탁 좀 드리려고 데려왔죠."

건이 바닥에 앉아 자신을 올려다보고 있는 파이를 보며 웃었다.

"그럼요, 제가 잘 돌보고 있을게요. 그런데 오늘 아기 고릴라가 태어나는 거예요?"

"네, 산악 고릴라는 우리 동물원에서 귀한 친구들이에요. 중앙 아프리카의 비룽가 국립공원에서 선물해 준 네 쌍의 고릴라가 전부인데, 오늘 태어나는 아기가 처음 저희 동물원에서 태어나는 산악 고릴라가 되는 거죠."

"와! 저도 보고 싶네요. 하지만 안 되겠죠?"

"네, 그래도 아마 이 주일 정도 후면 케이도 볼 수 있을 거예요."

테일러가 무릎을 굽히고 파이의 얼굴을 만져주며 말했다.

"그럼, 파이. 케이 말 잘 듣고 있어. 누나 다녀올게!"

건이 파이를 안아 들자, 테일러가 손을 흔들며 사라졌다. 건은 파이와 눈을 맞춰주며 방으로 들어갔다.

"파이야! 오늘은 형이랑 놀자."

♪♪♩

건의 동물원 생활은 의외로 단순했다. 악보를 완성시킨 후에는 동물원 밖을 나가지 않고, 새벽에 일어나 하나씩 동물 우리를 돌며 청소를 했고, 낮에는 파이와 리키를 돌보는 역할을 했다.

저녁을 먹고 나서는 숲 위 언덕에 올라가 노래를 부르며 경치를 감상했고, 어떤 날은 새장에 앉아서, 또 어떤 날은 원숭이 우리 앞에서 노래하며 동물들과 함께 시간을 보냈다.

하지만 평범하고 행복한 일상을 보내고 있는 건과 다르게 고민스러운 사람도 있었다.

동물원의 사무실에 서류를 내려다보며 기쁜듯한 표정을 짓는 동물원장 엠마가 있었다. 엠마는 기쁜 표정을 지었다가, 다시 고민스러운 표정을 짓기도 했다.

빈 사료통을 들고 사무실로 들어온 올리비아가 그런 엠마를 보며 물었다.

"원장님, 무슨 일 있으세요?"

서류에 집중하느라 올리비아가 들어온 것을 눈치채지 못했던 엠마가 살짝 놀라며 말했다.

"아! 올리비아. 언제 왔어요? 깜짝 놀랐네요."

올리비아가 피식 웃으며 엠마의 곁으로 다가와 물었다.

"무슨 서류길래 웃었다가, 고민스러운 표정도 지었다가 하세요?"

엠마가 서류를 들며 말했다.

"음…… 우리 동물원의 동물들 건강지표인데…… 이번 주 지표가 좀 이상해서요."

올리비아가 눈을 크게 뜨며 서류를 받아 살펴보았다.

"예? 뭐가요? 혹시 아픈 동물들이 있나요?"

엠마가 책상에 앉은 채 올리비아를 올려다보며 말했다.

"아니요. 반대에요. 아픈 동물들은 없고, 오히려 건강해졌어요."

"네? 그게 뭐가 이상해요? 동물들이 건강하면 좋은 거잖아요, 원장님?"

"그래요, 좋은 현상이죠. 그런데 올리비아……."

올리비아가 말꼬리를 흐리는 엠마를 내려다보자 엠마가 고민스러운 표정으로 말했다.

"미국과 기후가 다른 나라에서 온 동물들의 건강 상태는 예측할 수 없어요. 갑자기 건강해지거나, 갑자기 나빠지거나 하는 모든 것들에 대한 이유를 알지 못한다면, 현재의 좋은 건강 상태도 순식간에 변할 수 있거든요. 건강 상태가 좋은 것은 분명 기쁜 일이지만, 그 이유를 알지 못한다는 것은 불안한 일이죠."

올리비아가 고개를 끄덕이며 다시 서류를 보았다.

"그럴 수도 있군요. 그런데 여기 사막여우 중에 '엘런'은 지난 주 내내 고열 증상이 있었는데 지금은 완전히 정상이라고 나와 있네요? 제 담당이 아니라 이야기만 들었는데, 지난주에만 해도 담당 사육사님이 마음의 준비를 해야 할 것 같다고 푸념하셨었는데."

엠마가 팔짱을 끼며 말했다.

"그러게 말이에요. 꾸준히 치료하고 있었지만, 원인 불명이라, 기후에 대한 적응 문제로 생각해 반 포기한 상태인 아이였는데, 한 주 만에 다른 사막여우들과 뛰어놀고 있어요. 이상한 일이죠?"

올리비아가 잠시 고민한 후 말했다.

"혹시, 치료에 사용한 약물이 변경되었다거나, 먹이를 바꾼 기록도 없나요?"

"없어요. 아무것도. 앨런의 경우는 병세의 정도가 과한 편이라 수의사들이 많은 노력을 해왔다는 것을 아시잖아요. 먹이도 못 먹어서 수액을 주입해야 하는 상황이었고요."

"그렇죠. 수의사들이 병명을 추정해 내지도 못했었고요."

"그래요, 그런데 거짓말처럼 이틀 만에 자력으로 먹이를 먹더니 삼 일째 되는 날 거짓말처럼 일어나 뛰어놀고 있어요. 건강해진 건 좋지만 아무래도 불안하네요."

"음…… 진짜 이상하네요. 평소랑 달라진 것이 없는데."

서로 고민을 나누던 두 사람이 한참을 논의했지만 별다른 결론을 내리지 못했다. 동물원 폐장 시간이 한참 지난 후까지 이야기를 나누던 엠마가 퇴근을 하자 사무실을 정리한 올리비아가 혼자 숙소를 향해 걸어가며 생각했다.

'이상한 일이긴 해. 원장님 입장에서는 불안해하실 만도 하구나.'

올리비아가 숙소로 올라가 알리사, 테일러, 건과 함께 저녁을 먹은 후 저녁 늦은 시간까지 고민해 보았지만, 답이 나오지 않자 답답한 마음에 리키를 데리고 동물원 산책을 나왔다. 열시가 넘은 시간이라 경비원을 제외하고는 모든 직원이 퇴근한 동물원이 무척 한산했다.

　이리저리 뛰어다니며 풀을 뒤지고 나비를 쫓아다니는 리키를 바라보고 있던 올리비아의 귀에 아련한 노랫소리가 들려왔다. 노랫소리는 아주 조용하게 깔리는 기타 연주와 함께 속삭임과 같이 울렸다.

　누구든 그 무언가를 찾고 있죠.
　모든 것을 채워줄 단 한 가지를.

　올리비아가 자기도 모르게 발걸음을 옮겨 노래가 들리는 곳으로 향했다. 아기 곰 리키도 귀를 쫑긋거리며 올리비아의 뒤를 쫓아갔다.

　북극곰의 우리를 지나, 늑대의 우리를 지나서 파충류들이 모여 있는 유리 전시장을 지난 올리비아가 커다란 새장이 있는 언덕으로 다가갔다. 새장의 규모는 작은 아파트와 비슷했는데, 원형 모양의 새장 주위에 벤치가 늘어서 있었다. 새장에 다가가자 노랫소리가 조금 더 크게 들렸다.

　당신은 가장 낯선 곳에서 그 무언가를 발견하죠.
　찾아낼 수 있을 거라고 절대 생각할 수 없었던 곳.

올리비아가 눈을 들어 새장 안에 있는 새들을 보았다. 사람이 다가가면 부산한 날갯짓을 하며 날아오르던 새들이 올리비아가 다가옴에도 나뭇가지나 바닥에 배를 대고 꾸벅꾸벅 졸고 있었다.

올리비아가 새들의 모습을 보며 새장 주변을 둘러보자, 저 멀리 벤치에 앉아 기타를 치고 있는 건의 모습이 보였다.

너무 아름다운 소년이 눈을 감고 조용하게, 더욱 조용하게 숨을 죽여 노래하였고 그 노래는 마치 자장가처럼 마음을 편하게 해주었다.

그 누가 발견할 때의 기쁨을 부정할 수 있을까요.

당신이 특별한 그 무언가를 발견했을 때.

당신은 날개 없이도 날 수 있을 거예요.

올리비아가 노래하고 있는 건의 모습을 멍하니 보고 있었다. 뭐가 그리도 즐거운지 활짝 웃으며 눈을 감고 노래하는 건의 모습이 너무나 아름다웠다.

올리비아는 그 자리에 서서 한참을 건에게서 눈을 떼지 못했다. 잠시 후 정신을 차린 올리비아가 건을 방해하지 않기 위해 자리를 피해주려 리키를 찾았다.

주변을 두리번거리던 올리비아의 눈에 바로 옆 풀숲에 엎드린 채 잠든 리키가 보였다. 미소를 지은 올리비아가 리키가 깨지 않도록 조심조심 안아 들고 발소리를 죽인 채 새장이 있는 언덕을 내려왔다.

건의 아름다운 노랫소리를 들으며 미소를 짓던 올리비아의 눈에 올라올 때는 보이지 않던 동물들의 모습이 들어왔다.

올리비아가 놀란 눈으로 동물 우리를 여기저기 살펴보았다. 항상 다가가면 먹이를 달라고 졸라대고, 나무를 타고 뛰어다니던 다람쥐, 원숭이들이 나무 위에 축 늘어진 채 졸린 눈을 비비고 있거나, 잠이 들어 있었다. 소리를 내지 않고 우리를 살펴보던 올리비아가 다른 곳으로 시선을 돌렸다.

언제나 덥다는 듯이 몸을 축 늘어트리고 있거나 헉헉대며 물속에 들어가 더위를 식히던 북극곰이 배를 위로 내보이고 기분 좋은 그르릉 소리를 내며 잠이 들어 있었다.

또 야성이 아직 남아 잠을 잘 때면 구석에 몰려 몸을 동그랗게 말고 주변을 경계하며 선잠을 자던 늑대들이 하나씩 흩어져 흙 바닥에 늘어져 잠이 들어 있었다.

올리비아가 리키를 안고 동물원의 모든 동물을 돌아보았다. 불안해 보이거나 잠을 설치는 동물은 단 한 마리도 보이지 않았다.

올리비아가 놀란 눈으로 건이 있는 쪽을 돌아보았다. 멀리서 아련하게 건의 노랫소리가 바람을 타고 들려왔다.

당신이 내 삶이 시작되는 곳이고.

내 삶이 끝날 때에도 당신에게서 끝날 거예요.

나는 날개 없이도 날 수 있어요.

또 그건 당신이 주는 기쁨이죠.

나는 날개 없이도 날 수 있어요.


올리비아가 잠시 건의 노랫소리가 들리는 방향으로 시선을 고정한 채 귀를 기울이다 이내 피식 웃었다.

"에이…… 설마……."

올리비아가 잠이 든 리키를 안아 들고 숙소로 향했다. 브롱스 동물원의 평화로운 밤이 깊어만 갔다.

다음 날.

올리비아 동물원에 새로운 아기의 탄생 소식이 알려졌다. 새벽부터 부산하게 움직이는 사육사들이 좀 더 빨리 움직여 일과를 끝내고 분만실로 달려가자 혼자 멀뚱히 서 있던 건이 청소하던 도구를 내려놓고 숙소로 향했다.

혼자 숙소로 걸어가던 건의 옆을 스쳐 지나가던 트럭의 창문이 열리고 올리비아가 고개를 내밀었다.

"케이, 어디 가요?"

건이 반색하며 말했다.

"아, 다른 분들이 모두 분만실로 가셔서요. 전 숙소로 돌아가려고요."

올리비아가 싱긋 웃으며 고갯짓을 했다.

"타요, 지금은 무균실에 있어서 안에 들어가지만 않으면 봐도 괜찮아요."

"와앗! 정말이요? 진짜 보고 싶었는데! 고마워요, 올리비아!"

냉큼 차에 올라탄 건을 보며 피식 웃은 올리비아가 차를 출발시켰다. 약 3분여를 달려간 후 내린 곳은 동물 전용 분만실에 딸린 무균실이었다.

창 안에는 작고 검은 귀여운 아기 고릴라가 눈도 뜨지 못한 채 입을 뻐끔거리며 손가락을 꼼지락거리고 있었다.

사육사들이 창문 앞에 모여 아기 고릴라의 탄생을 축하하고 있는 것을 본 건이 창문으로 다가가 예쁜 아기를 바라보았다.

생명의 탄생은 언제나 신비로웠다. 혼자 포대기에 싸여 누워 있는 아기 고릴라는 작은 생명의 태동을 알리며 끊임없이 몸을 움직였다. 건이 창문에 손가락을 대며 미소를 지었다.

"아기 이름은 지으셨어요?"

옆에서 팔짱을 끼고 지켜보던 올리비아가 말했다.

"아직 이름은 안 지었어요. 보통 원장님이 지으시거든요."

"그렇군요. 진짜 귀엽네요."

한참 창문에 붙어 고릴라를 지켜보던 건에게 엠마의 목소리가 들렸다.

"케이, 우리 동물원의 유명한 손님! 케이가 이름을 지어준다면 아기도 좋아할 것 같은데 어때요?"

건이 놀란 눈으로 엠마와 아기 고릴라를 번갈아 보다가 손가락으로 자신을 가리키며 말했다.

"제, 제가요? 그래도 돼요?"

엠마가 웃으며 고개를 끄덕이자 건이 아기 고릴라를 주시했다. 약간 들창코에 동그란 콧구멍.

아직 눈을 뜨지 못했지만, 감은 눈의 크기를 가늠했을 때 얼굴에 비해 조금 커 보이는 눈. 머리가 작고 어깨가 넓은 아기 고릴라가 누워서 꼼지락거리고 있었다.

잠시 고릴라를 보며 무언가를 열심히 떠올린 건이 활짝 웃으며 손을 높이 들고 말했다.

"닮았다! 그래, 시화! 시화로 할래요! 원장님!"

건의 일상은 단순했다. 새벽에 일어나 사육장을 청소하고,

학교로 가 드미안과 미숀, 오케스트라와 함께 연습을 한 후 저녁에 숙소로 돌아와 무균실에 있는 아기 고릴라 시화를 구경한 후 저녁을 먹고 리키와 파이와 놀아주는 것이었다.

시간은 빠르게 흘러 어느덧 줄리어드 오케스트라 무료 공연 전야제.

학교의 대강당에 파티장이 마련되었고, 연주자와 교수들, 후원자와 지인들이 참석해 시끌시끌한 파티가 진행되고 있었다.

파티장의 한구석에 마련된 몇 개의 의자에 사브리나가 홀로 앉아 파티장을 멍하니 바라보고 있었다. 연주자들이 후원자나 지인들과 어울려 즐거운 시간을 보내고 있었지만, 왠지 그녀는 그들과 어울리지 못하고 혼자 의자에 앉아 있었다.

그런 그녀의 귀로 갑자기 사람들의 웅성거림이 커지는 것이 들려왔다.

"헉! 스넵 독이다!"

"꺄악! 닥터 브레야!"

"드미안 말리! 미숀 레논이다!"

화들짝 놀라며 문 쪽으로 바라본 그녀의 눈에 선글라스에 저지를 입은 스넵 독이 들어왔다.

그 뒤를 이어 드미안과 미숀이 서 있었고, 가장 뒤에 건이 들어오는 것이 보였다. 순식간에 파티장에 있는 사람들이 그들을 둘러싸자 그녀가 고개를 내빼고 정신없이 건의 모습을 훔쳐보았다.

그녀의 눈에 비친 건은 웃으며 여러 사람과 인사를 하는 모습이었다. 친분이 있는 교수님과 인사를 하러 온 유명인사들이 앞을 다투어 건에게 악수를 건네고 있었다.

스넵이나 브레 역시 평소에 친분이 없던 줄리어드 관계자들과 인맥을 쌓기 위해 여러 방면으로 움직이며 인사를 나누고 있었지만, 이곳에서만큼은 건의 인기를 따라올 수 없었는지, 가만히 있어도 사람들이 몰리는 건과 달리 이리저리 움직이며 인사를 건네고 있었다.

홍조를 띤 얼굴로 건을 바라보던 사브리나 옆에 미손이 다가와 앉았다. 사브리나는 미손이 다가올 때부터 표정을 굳히고 냉정한 표정을 지었다.

미손이 그런 사브리나의 옆에 앉으며 말했다.

"또 보네요, 사브리나 씨."

사브리나가 그런 미손에게 눈길도 주지 않고 정면을 바라보며 말했다.

"네, 레논 씨."

미손이 어색한 표정을 지으며 말했다.

"반갑게 인사 좀 해주세요. 같이 일하는 사이인데."

"음악인은 음악으로 교감하면 됩니다. 필요 이상의 친근한 척은 삼가해 주세요."

"하아, 전혀 친해질 수 있는 틈을 안 주시네요."

미숀의 말을 받으면서도 건에게서 눈을 떼지 않고 있던 사브리나의 표정이 일그러졌다.

미숀이 그녀의 옆모습을 보며 표정을 살피다가 사브리나가 보는 방향으로 고개를 돌렸다. 사브리나의 시선이 가 있는 곳에는 금발 머리의 귀여운 여인이 있었고, 그녀는 곱게 차려입은 하늘색 파티 브레스를 하늘거리며, 건의 옆에 딱 붙어 있었다.

사브리나가 침을 삼키며 말했다.

"저…… 여자는 누구죠?"

"누구요? 저기 케이 옆에 있는 여자요?"

"네."

"아, 네미넴의 딸 에일리예요. 네미넴 아시죠? 래퍼."

"케이와 친한가요?"

"네 둘이 친하죠. 에일리가 일방적으로 케이를 좋아하는 것 같지만요."

사브리나가 눈가를 파르르 떨며 말했다.

"케이를…… 좋아한다고요?"

"네, 네미넴도 케이를 마음에 들어 하는 눈치라 다들 두 사람이 잘되길 바라고 있긴 한데…… 케이가 워낙 여자한테는 관심이 없어서 어떻게 될지는 모르겠네요."

"그…… 렇군요……."

"에일리 참 예쁘고 귀엽죠? 어릴 때부터 사랑을 많이 받고 자란 티가 나요. 모난 구석도 없고요."

"……."

"두 사람이 브레의 작업실에서 노래 부르며 노는 모습을 보고 드미안이 부러워하더군요. 역시 남자건 여자건 예쁘고 잘생기고 봐야 하는 건가 봐요. 하하. 저도 어디 가서 못생겼다는 말은 안 듣는데 케이 옆에 있으면 원숭이 취급만 받고 있답니다."

사브리나가 아무 말 없이 주먹을 꼭 쥐고 고개를 숙였다. 살짝 몸을 떠는 사브리나를 본 미슨이 걱정스러운 눈빛으로 말했다.

"사브리나 씨? 어디 편찮으신 것 아닌가요?"

미슨이 그녀의 표정을 살피려 고개를 숙이자, 사브리나가 자리에서 벌떡 일어나며 말했다.

"괘, 괜찮습니다."

사브리나는 짧은 말을 남기고 총총걸음으로 사라졌다. 그런 그녀의 뒷모습을 보며 미슨이 혀를 찼다.

"하여간, 싸가지 하고는. 사람이 걱정을 해주고, 호의를 베풀면 받아주는 부분도 있으면 좋을 텐데."

미슨이 한참 혼자 사브리나 욕을 하며 파티장을 둘러보는 동안 건이 사람들에게 둘러싸여 인사를 나눈 후 미숀의 옆으로 왔다. 건의 옆에는 껌딱지처럼 에일리가 찰싹 달라붙어 있었다.

건이 미숀의 옆자리에 앉으며 말했다.

"미숀, 표정이 왜 그래? 무슨 일 있었어?"

미숀이 인상을 찌푸리며 말했다.

"아니, 사브리나 저 여자 말이야. 해도 너무하네, 사람 호의도 싹 무시하고 말이야."

에일리가 귀를 쫑긋거리며 물었다.

"미숀, 사브리나가 누군데요?"

"있어, 오케스트라 여자 지휘자."

건이 멀리서 손가락을 까딱거리며 술병을 들고 있는 스넵과 눈을 마주치고는 어색하게 웃으며 일어났다.

"나…… 나 잠깐 테라스에서 바람 좀 쐬고 올게요. 스, 스넵한테는 저 화장실 갔다고 해주세요!"

건이 후다닥 자리를 피해 2층 테라스로 향했다. 모두 파티를 즐기고 있는지라 2층에는 아무도 없는 듯했다.

건이 커튼이 드리워진 테라스 입구에서 불어오는 바람을 느끼며 밖으로 나가자, 테라스의 안전바에 기댄 사브리나의 뒷모습이 보였다.

"어? 사브리나 씨? 여기 계셨어요?"

사브리나가 갑자기 들려오는 건의 목소리에 화들짝 놀라며 돌아보았다.

건이 환하게 웃으며 테라스에 몸을 기대고 밖을 보았다.

"으하! 좀 살 것 같네요. 안에는 사람이 너무 많아서 답답했거든요."

사브리나가 건의 옆 모습을 멍하게 보다가 건과 같은 자세로 테라스에 기대어 홍조 띤 얼굴로 밖을 바라보았다.

건이 기지개를 켜며 말했다.

"사브리나 씨도 술을 싫어하시나 봐요?"

"네? 아, 아니요. 가끔은 마셔요."

"그렇구나. 전 맥주 맛은 이제 조금 알겠는데, 위스키는 못 마시겠어요. 스넵은 매일 위스키만 주거든요. 술은 취하려고 먹는데, 안 취하는 술을 마시는 건 사치다! 이러면서요."

"아…… 하하 그렇군요."

건이 사브리나의 옆모습을 힐끗 본 후 말했다.

"저한테는 친절하신데, 미숀이 좀 오버하는 건가요?"

사브리나가 깜짝 놀라며 고개를 푹 숙였다.

"아! 아니에요. 제가 부끄러움이 좀 많아서……."

"아, 그렇구나. 하하, 미숀에게 마음이 있으신 건가요?"

사브리나가 화들짝 놀라며 소리쳤다.

"아니에요! 누가 그런 사람을!"

건이 갑자기 사브리나가 소리치자 조금 놀란 표정으로 말했다.

"아…… 아니시구나. 미안해요."

사브리나가 자신의 입을 막으며 고개를 마구 저었다.

"아! 아니에요, 미안해요, 미안해요."

건이 사브리나가 사과하자 살짝 미소를 지으며 말했다.

"오케스트라 준비는 잘되어가고 있죠? 어제 연습하는 걸 보니 걱정은 안 해도 될 것 같던데."

사브리나가 손을 앞으로 모으며 말했다.

"최선을 다하고 있어요. 케이의 명성에 누가 되지 않도록요."

"명성이라뇨. 줄리어드 오케스트라의 명성이 훨씬 대단하죠. 그리고 이번 무료 공연에 후원금은 모두 좋은 일에 쓰는 것이고요. 이런 공연을 할 수 있다는 것이 더 영광이에요."

"아…… 네 그렇군요."

"사브리나는 언제부터 음악을 시작했나요?"

"음…… 전 네 살 때부터였어요. 부모님 두 분이 모두 클래식 연주자셨거든요."

"와 조기 교육을 제대로 받으셨겠네요."

"호호, 네 그런 셈이죠."

사브리나가 건과 처음으로 가진 둘 만의 시간에 행복한 미소를 지었지만, 그 시간은 오래가지 않았다.

"케이! 여기 있었구나?"

갑자기 들려온 목소리에 뒤를 돌아본 건이 환하게 웃었다.

"에일리, 나 찾아온 거야?"

에일리가 웃으며 건의 팔짱을 꼈다.

"응! 계속 찾아다녔어."

건이 웃으며 테라스에서 몸을 떼며 사브리나를 돌아보았다. 사브리나가 고개를 푹 숙인 채 시선을 땅에 떨구고 있었다.

건이 사브리나를 스쳐 가며 말했다.

"아래에서 찾는 사람이 많은가 봐요. 우리 다음에 또 대화해요. 사브리나 씨."

사브리나가 고개를 떨군 채 작게 대답했다.

"네…… 케이 씨."

건이 에일리와 함께 테라스를 나서자 둘의 뒷모습을 보는 사브리나의 눈에 가늘게 경련이 일어났다. 꼭 쥔 두 주먹이 작게 떨렸다. 사브리나의 눈은 건과 에일리가 사라진 후에도 계속 그들이 사라진 빈 공간에 고정되어 있었다.

테라스에 때아닌 차가운 바람이 불어 사브리나의 머리를 흩날리자 머리를 매만진 그녀의 얼굴이 드러났다. 그녀의 차가운 눈이 밤하늘 아래에 파랗게 빛났다.

건이 에일리와 함께 아래층으로 내려오자 스넵이 에일리에게 말했다.

"에일리, 아버지가 너 전화 안 받는다고 걱정하더라. 전화해 줘."

에일리가 백에서 전화기를 보고 외쳤다.

"오 마이! 부재중 전화 81통? 아 진짜! 아빠는 스토커도 아니고 진짜! 케이, 나 잠깐만 전화 좀 할게."

에일리가 건에게 손짓하며 음식이 놓여진 테이블 쪽으로 이동하며 전화를 걸었다.

그 모습을 웃으며 보던 건이 스넵에게 말했다.

"스넵은 이런 곳도 잘 적응하시네요? 와인 잔 들고 정장 입은 사람들이 이야기하는 파티는 안 좋아하실 줄 알았는데."

스넵이 와인을 한 모금 마시며 웃었다.

"야, 내가 이런 자리 처음 와봤을 거 같아? 나 정도 되면 웬만한 파티는 대부분 초대받는다고."

"아, 그래요? 경험이 있으시구나?"

"이 자식이 나 스넵 독이야 이 녀석아."

스넵이 자신의 가슴을 주먹으로 툭툭 치자 웃음을 머금는 건이었다. 그런 건의 눈에 멀리 보이는 문이 열리며 건장한 남자 네 명이 들어오는 것이 보였다.

건이 고개를 갸웃하며 말했다.

"어? 제프리 형사님?"

스넵이 고개를 돌리며 물었다.

"뭐, 형사? 형사가 여길 왜 와?"

"제 스토커 사건 담당 형사님이신데요? 여기 무슨 일이시지?"

의아한 눈빛으로 제프리에게 다가간 건이 물었다.

"형사님! 안녕하세요? 여기까지 무슨 일이세요?"

제프리가 건을 본 후 주위를 날카로운 눈으로 쏘아보며 뒤에 서 있는 경관들에게 말했다.

"찾아."

경관들이 빠르게 흩어지는 것을 본 건이 물었다.

"형사님? 무슨 일이에요?"

제프리가 심각한 표정으로 말했다.

"줄리어드 학생 중에 사브리나 몰리라는 학생이 있나요?"

"네? 사브리나 씨요? 오케스트라 지휘자신데…… 왜요?"

"아는 사이에요?"

"네……. 조금……."

"그 학생의 웹 하드에서 케이의 영상이 나왔습니다. 도청된 사운드 파일도요."

건이 놀라며 눈을 크게 떴다.

"예? 사브리나 씨가 범인이었다고요?"

"맞습니다. 마지막으로 보신 것이 어디인가요?"

건이 고개를 돌려 파티장을 보았다. 파티장에서 웃고 떠들던 사람들의 모습이 슬로우 비디오처럼 느리게 보였다.

그리고 스테이크용 나이프를 손에 든 사브리나가 무서운 표정으로 에일리에게 달려가고 있는 것이 보였다. 에일리는 네미넴과 통화를 하느라 뒤에서 달려오는 사브리나를 보지 못하고 있었다.

"안 돼! 에일리!"

그 장면은 슬로우 비디오처럼 천천히 흘러갔다.

나이프를 든 사브리나가 돌아서 서 전화를 하고 있던 에일리의 어깨를 잡고 자신 쪽으로 몸을 돌렸다. 에일리가 손에 든 전화기를 바닥에 떨어뜨리며 놀란 표정을 지은 채 강제로 돌려 세워졌다. 그녀의 하늘색 브레스가 나부끼며 하얀 종아리가 드러났다.

건의 옆에 서 있던 제프리가 빠르게 품에서 총을 빼 겨누었고, 사브리나의 가까이에 있던 경관들도 총을 빼 들어 사브리나를 겨냥했다.

"까아아아아아악!"

"뭐, 뭐야!"

우당탕탕!

순식간에 즐거운 파티장이 아수라장이 되었고, 사브리나는 경관들이 겨눈 총 앞에 에일리를 내세우고 그녀의 목에 나이프를 가져갔다.

에일리의 목에 있는 칼끝에서 배어 나온 핏물이 나이프를 타고 한 방울씩 떨어져 내렸다.

"모두 물러서! 가까이 오면 그대로 그어 버릴 거야!"

사브리나가 뾰족한 목소리로 외쳤다. 경관들은 사브리나에게서 조금씩 물러났지만, 그녀 주위를 포위한 채 총을 내리지 않았다.

공포에 질려 목소리도 내지 못하고 있는 에일리가 경관들을 애처로운 눈빛으로 보았지만, 모두가 그녀의 안전을 위해 쉽게 움직이지 못했다.

제프리가 한쪽 팔에 총을 걸치고 겨냥한 채 사브리나에게 다가가며 외쳤다.

"사브리나 몰리! 칼 버려! 당신을 케이 스토커 사건 및 불법 촬영, 불법 감청 및 현재 살인미수 현행범으로 체포한다! 다시 경고한다, 칼 버려!"

사브리나가 에일리의 머리 뒤로 얼굴을 숨기며 그녀의 목에 더 깊숙하게 칼을 들이밀었다.

"끄아아……."

목이 조금 더 베인 에일리가 나오지 않는 소리로 작게 비명을 질렀다. 그것을 본 제프리가 공중을 향해 총을 쏘았다.

타앙!

"꺄아아아악!"

"으허억!"

다시 사브리나를 겨눈 제프리가 외쳤다.

"마지막 경고다, 사브리나 몰리! 칼 버려!"

사브리나가 에일리의 뒤에 숨은 채 외쳤다.

"어차피 난 끝났어! 잡힐 거면 이 여우 같은 년이라도 죽이고 갈 테니 마음대로 해 봐!"

경관들이 강경한 사브리나의 모습에 당황하며, 서로를 바라보았다. 한참 사브리나를 노려보던 제프리가 겨누었던 총을 하늘로 들고 양손을 들었다.

"좋아, 네 말을 들어보자. 이유가 뭐야?"

사브리나가 경계를 늦추지 않고 에일리를 양옆으로 흔들어대며 소리쳤다.

"케이는 내 거야! 내 거라고!"

제프리가 진정하라는 듯 총을 들지 않은 손의 손바닥을 펴 보이며 말했다.

"사브리나 몰리! 그래 알았어! 하지만 그 여자는 죄가 없잖아? 놔 줘."

"웃기지 마! 이년이 꼬리 치는 거 다 봤어! 나의 케이에게, 나의 케이에게 감히!"

사브리나가 공포에 질린 에일리의 귀에 입을 바싹대며 말했다.

"네가 네 아빠 후광을 믿고 감히 주제도 모르고 케이에게 꼬리를 쳐?"

에일리가 눈물을 흘리며 말했다.

"제발, 제발 놔 주세요……. 제발요."

사브리나가 에일리의 머리채를 잡고 흔들었다. 곱게 묶어 올렸던 그녀의 금발 머리가 흩어졌다. 흐르는 눈물이 아이라인을 타고 내려와 검은 물로 얼굴이 범벅되어 버린 에일리가 울음을 터뜨렸다.

"아악! 아빠아! 으허어엉!"

제프리가 사브리나에게서 눈을 떼지 않은 채 천천히 총을 바닥에 내려놓으며 말했다.

"진정해, 진정하라고 사브리나 몰리. 죄 없는 아가씨 괴롭히지 말고 나와 이야기하자. 응?"

사브리나가 얼굴을 일그러뜨리며 말했다.

"네가 나에 대해 뭘 알아! 너 같은 형사랑 할 말 따위 없어! 저리 꺼져!"

"사브리나 씨."

조용히 제프리와 사브리나를 지켜보던 사람들 사이로 낮은 목소리가 울려 퍼졌다. 사브리나는 건의 목소리가 나자마자 손에 힘이 풀리는 것을 느꼈다.

사브리나와 대치 중인 제프리의 옆으로 다가온 건이 슬픈 눈으로 사브리나를 보았다. 건이 한참 아무 말 없이 그저 사브리나를 바라보자, 사브리나가 떨리는 목소리로 말했다.

"왜, 왜 그렇게 슬픈 눈으로 바라보나요……."

건이 떨리는 목소리로 말했다.

"사람이 누군가를 좋아하는 건 죄가 아니에요, 사브리나."

사브리나의 표정이 순간 사나워졌다.

"케이도! 케이도 이년이 꼬리 치는 게 죄가 아니라고 생각하는 건가요!"

건이 천천히 고개를 저으며 말했다.

"아니요, 사브리나. 당신이 날 좋아하는 것이 죄가 아니라고 말한 거예요."

사브리나의 눈이 커졌다.

건이 한 걸음 더 가까이 다가가며 말했다.

"사람의 감정 중 사랑이란 것은 특히 숨길 수 없어요. 누군가를 좋아하는 것이 죄가 될 순 없잖아요. 방법에 문제가 있었을 뿐이에요 사브리나."

에일리를 붙잡고 있는 사브리나가 한발 물러섰다. 건이 다시 한 걸음을 다가가며 말했다.

"이러지 않아도 됐었잖아요, 사브리나. 저에게로 와서 그냥 좋아한다고 말해도 됐잖아요."

더 물러나려던 사브리나의 허리춤에 음식이 올려진 테이블이 걸렸다. 건이 다시 한 걸음 다가서자 주위에 있던 경관들이 말리려 하였다. 그를 본 제프리가 오른 주먹을 들어 경관들을 세웠다. 제프리가 눈짓으로 지켜보라는 신호를 보내자, 총을 겨눈 경관들이 한 걸음 더 물러났다.

파티장 가운데 목에 칼이 겨누어진 에일리와 그 뒤에 선 사브리나, 서너 걸음 앞에 서 있는 건을 제외하고 모두가 동그랗게 주위를 둘러싸고 떨어져 지켜보고 있었다.

건이 다시 한 걸음을 다가가며 말했다.

"사브리나. 저에게 당신이란 사람의 첫인상은 그리 나쁘지 않았어요. 우리에게는 분명 기회가 있었어요. 사랑이 어긋나는 것은 두 사람의 마음이 어긋나는 것이 아니라 두 사람의 시간이 어긋나는 것이니까요. 우리는 서로에게 기회가 있었어요, 사브리나."

사브리나의 눈이 가늘게 떨리다가 점점 얼굴에 경련이 오기 시작했다. 손이 떨려오며 에일리의 목에서 칼이 약간 떨어졌다. 건이 또 한 걸음 다가갔다.

손만 뻗으면 에일리가 잡힐 듯한 거리에 선 건이 말했다.

"좋아한다고 말하는 것이 어려웠나요? 당신이 내게 말했다면 당신은 최소한 50%의 기회라도 가질 수 있었어요, 사브리나. 하지만 이제 그런 기회조차 남지 않았잖아요. 왜 그랬어요, 왜 그랬어요, 사브리나."

사브리나의 눈에 굵은 눈물방울이 맺혔다. 한 방울씩 볼을 타고 내려오던 눈물이 폭포가 되어 흘러내렸다.

사브리나가 칼을 잡지 않은 다른 손을 들어 소매로 얼굴을 닦았다. 그 순간을 노린 에일리가 고개를 숙이며 앞으로 넘어지며 굴렀다. 당황한 사브리나가 에일리를 다시 잡으려 했지만, 주위의 경관들이 총을 겨누며 외쳤다.

"꼼짝 마! 한 발자국만 움직이면 발포한다!"

사브리나가 눈물로 범벅된 얼굴로 주위를 바라보았다. 경멸에 찬 시선으로 자신을 바라보는 사람들을 본 사브리나가 칼을 든 손을 축 내렸다.

경관들이 그런 사브리나에게 달려들려고 하자 건이 한 손을 들었다. 경관들이 순간적으로 멈춘 후 제프리를 보자 제프리가 천천히 고개를 끄덕였다.

건이 그 자리에 그대로 선 채 말했다.

"말해요."

힘없이 고개를 떨구고 있던 사브리나가 눈을 들었다.

"뭐…… 뭘요……?"

건이 한 걸음 더 다가갔다. 경관들이 더욱 긴장하며 사브리나에게 총을 겨누었다. 건이 사브리나의 앞에서 그녀의 어깨를 잡았다.

사브리나는 건의 손이 닿자 몸에 힘이 빠지는지 칼을 바닥에 떨어뜨렸다. 그녀의 어깨를 꽉 잡은 건이 말했다.

"말해요. 이게 마지막 기회에요, 사브리나."

건을 바라보던 사브리나의 눈동자가 세차게 흔들렸다. 말없이 사브리나의 답을 기다리는 건을 보는 사브리나의 표정이 점점 무너져 내렸다.

굵은 눈물을 흘리며 몸을 덜덜 떨던 사브리나가 그 자리에서 무너져 건의 앞에 주저앉았다. 건이 바닥에 주저앉은 사브리나를 슬픈 눈으로 내려다보았다.

바닥에 손을 대고 오열하던 사브리나가 작게 말했다.

"흑…… 흐윽…… 사랑해요."

건이 그녀를 내려다보며 말했다.

"안 들려요, 사브리나."

사브리나가 눈물이 범벅된 얼굴로 건을 올려다보았다. 그녀와 눈이 마주친 건이 슬픈 눈으로 미소를 지었다.

사브리나가 건의 모습을 눈에 담아 놓겠다는 듯 한참 건을 뜯어보다가 말했다.

"사랑해요. 케이."

건이 한쪽 무릎을 꿇고 사브리나와 눈을 마주쳤다.

"당신의 마음 잘 받았습니다. 사브리나."

사브리나가 건의 빨려 들어갈 듯한 눈을 보며 미미하게 슬픈 미소를 지었다. 그 모습을 본 제프리가 말했다.

"연행해!"

덩치 큰 경관들이 우르르 달려들어 주저앉은 사브리나에게 수갑을 채우고 일으켜 세웠다.

수갑을 찬 채 고개를 숙인 사브리나에게 건이 말했다.

"언젠가 다시 만나면 그때는 꼭 먼저 말해주세요. 그 대상이 제가 아니더라도요."

사브리나가 고개를 숙인 채 슬픈 미소를 지었다. 경관들이 사브리나를 연행해 가고 곧 엠뷸런스가 도착했다. 건이 의자에 넋을 놓고 앉아 있는 에일리에게 다가가 한쪽 무릎을 꿇고 에일리의 어깨에 손을 올렸다.

"꺄아아악!"

에일리가 몸서리를 치며 건의 손을 때려 털어냈다. 놀라며 의자를 넘어트린 에일리의 몸이 바닥에 쓰러졌다. 당황한 건이 쓰러진 에일리에게 다가가려 하자 엠뷸런스에서 내린 구조 요원이 말렸다.

"다가가지 마세요! 충격으로 예민해진 상태입니다!"

건은 안타까운 눈으로 구조 요원들에게 부축을 받아 엠뷸런스를 타는 에일리를 그저 바라만 보고 있을 수밖에 없었다. 미숀이 걱정스러운 눈으로 옆에 서서 말했다.

"에일리 괜찮겠지? 상처는 크지 않은 것 같지만, 정신적인 충격이 있어 보이는데."

건이 걱정을 가득 담은 눈으로 떠나는 엠뷸런스를 바라보고 있자 네미넴에게 전화를 해 에일리가 무사함을 알린 스넵이 뒤늦게 다가오며 말했다.

"괜찮을 거야. 일시적인 충격일 테니 좀 쉬면 조금씩 나아질 거다. 케이 넌 에일리가 먼저 연락할 때까지는 연락하지 않는 것이 좋겠다. 네 목소리를 들으면 다시 기억이 살아나 괴로울 수도 있으니까."

물러나 있던 드미안이 다가오며 한숨을 쉬었다.

"그래도 이만하길 다행이네. 하아, 그런데 공연이 내일인데 지휘자 없이 어떡해? 이거 취소되는 거 아냐? 이 정도 일이면 학교 측에서도 취소하지 않을까? 나야 뭐 괜찮다만 1년이나 준비한 미손은 아쉽겠네."

미손이 고개를 저으며 말했다.

"지금 그게 문제야? 공연은 미뤄져도 돼. 에일리가 무사해야 할 텐데……."

스넵이 건을 보며 말했다.

"넌 괜찮아? 너도 놀랐을 텐데, 어차피 오늘 파티는 파장이니 일찍 가서 쉬어. 공연 관련된 건 내일 오전에 학교에서 뭔가 발표를 하겠지. 여기 있어 봐야 바로 결정사항이 나오는 것도 아니니 모두 돌아가 쉬자고. 자자, 너희들도 돌아가."

손뼉을 치며 환기를 시키는 스넵이었지만, 건의 발걸음은 쉽게 떨어지지 않았다. 건이 움직이지 않으니 미손과 드미안도 자리를 떠나지 못했다.

걱정스러운 눈으로 멀리 달려가고 있는 엠뷸런스를 바라보고 있는 네 사람이었다.

◈ 5장 ◈
스토커와 오케스트라와 동물원(3)

　다음 날 결국 줄리어드 스쿨은 공식적으로 금년의 무료 오케스트라 공연을 취소했다. 케이가 워낙 유명인이었고, 파티에 참석한 각계의 인사의 입에서 파티장에서 있었던 일들이 퍼져 나가 기사화되었기에 공연을 예정대로 진행하기 어려웠기 때문이다.

　어려운 이웃을 돕는 취지의 공연 지휘자가 저지른 불미스러운 사건은 일파만파 퍼져 나아갔고, 그로 인해 세인들의 입에 끊임없이 케이의 이름이 오르내렸다.

　사건이 해결되고도 스토커 사건에 대한 취재를 하기 위해 집 앞에 구름 떼 같이 몰린 기자들 때문에 집으로 돌아가지 못한 건은 브롱스 동물원의 숙소에 더 머물게 되었다.

오전부터 건이 걱정된다는 이유로 숙소로 찾아온 미숀이 거실의 소파에 앉아 지루한 표정을 짓고 있자 건이 눈치를 보며 말했다.

"미숀, 무려 일 년이나 준비한 공연이었는데, 나 때문에 미안해."

미숀이 손사래를 치며 말했다.

"아냐, 아냐. 무슨 말이야 그게. 너한테 큰일이었는데. 공연이 중요하냐 지금? 그냥 좀 심심한 것뿐이야. 신경 쓰지 마."

건이 한숨을 쉬며 창밖을 바라보자 미숀이 물었다.

"에일리는 좀 어때? 연락은 왔어?"

건이 창틀에 팔을 괴고 턱을 만지며 말했다.

"응, 오전에 네미넴이랑 통화했는데, 안정 중이래. 근데 아직 말없이 창밖만 바라본다고 하더라."

"휴, 걱정이네. 괜찮아야 할 텐데."

"응…… 나 때문에 생긴 일이라 미안하기만 해."

"뭐가 너 때문이야? 미친 여자한테 물린 거지. 너도 피해자야. 네미넴도 네 탓은 안 하지 않아?"

"응……. 그건 그런데 계속 미안한 마음이 드는 건 어쩔 수 없나 봐."

"그러지 마. 너도 에일리도 모두 피해자일 뿐이니까."

건이 창밖에서 눈을 떼지 않고 한참 침묵을 지키다 나직하게 말했다.

"솔직히 아쉽지? 공연 말이야."

미손이 그런 건을 빤히 보다가 말했다.

"그래. 아쉽긴 하다."

건이 이해된다는 듯 고개를 끄덕였다.

"나라도 아쉬웠을 거야. 자그마치 일 년이나 열심히 준비한 거잖아."

미손이 한숨을 쉰 후 말했다.

"휴, 그래도 뭐…… 케이 네가 안 도와줬으면 내 쪽에서 먼저 공연에서 빠지겠다고 했을지도 모르는 일이었으니까. 나 혼자였다면 공연을 포기했을 거야. 그러니 괜찮아. 다음에 또 기회가 있겠지, 뭐."

두 사람이 두런두런 서로에게 아쉬움을 토로하고 있을 때 노크 소리가 들렸다.

'똑, 똑.'

건이 소파에서 일어나 문으로 다가가 문을 열자 올리비아와 알리사, 테일러가 함께 서 있는 것이 보였다. 건이 놀란 눈으로 물었다.

"어? 벌써 동물원 폐장 시간이에요?"

세 사람이 건을 보며 웃자 손목시계를 본 건이 고개를 갸웃했다.

"아직 시간 안 됐는데요?"

알리사가 깜찍한 미소를 지으며 허리춤에 손을 얹었다.

"뉴스 봤어요, 케이. 힘든 일을 겪었다면서요?"

건이 쓴웃음을 지으며 말했다.

"아……. 그렇죠…… 뭐 하하."

테일러가 고개를 내밀며 말했다.

"기분 전환 겸 파티라도 하는 게 어때요?"

건이 의아한 눈으로 물었다.

"파티요? 또 바비큐 파티라도 하려고요?"

올리비아가 고개를 갸웃거리는 건의 손을 잡아끌며 말했다.

"아니요, 이리 와요. 미숀! 미숀도 같이 가요. 아참, 케이는 기타 챙기고요!"

건이 어리둥절한 표정으로 Gibson j-200을 챙겨 들자 미숀이 눈치를 보다가 전자 키보드의 가방을 둘러맸다.

건은 미숀과 함께 올리비아에게 끌려 나와 숙소 앞에 주차되어 있던 트럭에 올라탔다. 트럭 뒤의 짐칸에 올라탄 건이 옆에 앉은 알리사에게 물었다.

"알리사, 무슨 파티이길래 이래요?"

알리사가 상큼한 미소를 지으며 말했다.

"동물원에서만 할 수 있는 파티랄까요? 기분 전환이 될 건 확실해요, 우리만 믿어요, 케이. 이제 폐장 시간이 다 되어가서 손님들도 빠져나갈 시간이니까 우리끼리 파티할 수 있을 거예요."

트럭은 약 삼 분여를 달려 커다란 건물 앞에 멈췄다. 알리사가 먼저 차에서 뛰어내리자 건과 미숀이 내려 건물을 보았다.

"응? 여기 분만실인데? 시화가 있는 곳 아닌가?"

알리사가 먼저 뛰어가 건물 문 앞에서 손짓하는 것을 본 건이 미숀과 함께 건물로 들어갔다.

알리사가 여러 개의 문을 지나 크고 두꺼운 철문 앞에 서서는 뒤를 돌아보며 말했다.

"케이는 시화를 보러 무균실까지는 많이 가봤죠?"

건이 고개를 끄덕이자 알리사가 문을 열며 외쳤다.

"짜잔! 여기가 바로 케이가 좋아하는 아기 동물 전용 사육장입니다!"

두꺼운 철문이 열리자 유치원같이 알록달록한 벽지와 나지막한 나무 울타리가 쳐진 방 안에 아기 동물들이 뛰어놀고 있는 것이 보였다.

활짝 미소를 지은 건이 다가가지는 못한 채 외쳤다.

"와앗! 귀엽다! 그런데 저희가 들어가도 되는 거예요?"

알리사가 팔짱을 끼며 고개를 끄덕였다.

"네, 원장님 허가 하에 생후 5개월 이상 된 아이들만 데려왔어요. 저 앞에 설치된 손 세척제만 사용하고 들어가면 문제없어요, 케이."

건이 밝은 표정으로 다급하게 세척제를 사용해 손을 씻었다. 뒤에 따라 들어온 미손이 어정쩡한 표정으로 서 있자 알리사가 미손의 등을 밀었다.

미손이 알리사에게 밀려가며 외쳤다.

"저! 저기 난 동물을 별로 좋아하지 않는다고요!"

알리사가 고개를 갸웃하자 미손이 뒤통수를 긁으며 자신감 없는 말투로 말했다.

"어릴 때 개털 알레르기가 있었는데…… 지금은 괜찮긴 해도 뭐랄까 거부감이 든다고 할까요? 가까이 가기는 좀 그래서…… 미안해요, 전 그냥 울타리 밖에서 구경할게요."

건이 세척제로 씻은 손을 털며 울타리를 뛰어 넘어갔다.

"그래, 미손! 넌 거기 있어! 넌 행운을 놓치는 거야!"

건이 바닥에 몸을 대고 아기 동물들과 눈을 맞추자 아장아장 걸어와 신기한 눈으로 건을 핥거나 앞발로 건드려 보는 아기 동물들이었다.

그런 동물들의 모습을 본 건이 귀여워 죽겠다는 표정으로 바닥에 누워 온몸으로 바닥 청소를 하며 웃어대는 것을 본 미손이 중얼거렸다.

"거기…… 동물들이 똥오줌 쌌던 곳인데……."

건은 어린아이처럼 두 시간이 넘는 시간 동안 아기 동물들과 즐겁게 시간을 보냈다. 기타를 꺼낸 건이 노래를 부르기 시작하자 아기 동물들이 건의 앞에 옹기종기 앉아 고개를 갸웃거리며 신기한 눈으로 건이 내는 소리를 들었다.

미손이 전자 키보드를 꺼내 합세하자 작은 사육장에 즐거운 음악이 가득해졌다.

즐거운 파티는 올리비아가 들어와 식사를 하러 가자는 말을 하기 전까지 이어졌다.

"케이, 이제 아기들도 쉬어야 하니 식사하러 가요. 엠마 원장님이 함께 식사하자고 하시네요."

올리비아이 손에 이끌려 식당으로 향하는 중에도 계속 아기 동물들을 돌아보며 아쉬운 입맛을 다시는 건이었다.

텅 빈 직원 전용 식당에 도착한 건의 눈에 중앙의 자리에 음식들이 가득하고, 알리사와 테일러, 엠마가 앉아 있는 것이 보였다.

엠마가 건을 보고는 웃으며 말했다.

"케이, 어서 와요."

"아! 엠마, 오랜만이에요."

"그러게요. 한 동물원에 살면서 얼굴 보기가 어렵네요."

건과 미손이 자리에 앉자 본격적인 식사가 시작되었다. 다들 배가 고팠는지 허겁지겁 음식을 먹고는 곧 식후 차를 마시며 두런두런 대화를 나누기 시작했다.

엠마가 알리사와 장난을 치고 있는 건을 한참 주시하다가 입을 열었다.

"공연…… 취소되었다면서요?"

공연 이야기가 나오자 떠들며 장난을 치던 사육사들이 조용해졌다.

건이 쓴웃음을 지으며 고개를 끄덕였다.

"네, 취소됐어요."

"학교 측의 결정인가요?"

"네, 아무래도 메인 지휘자가 불미스러운 일로 체포되었으니 억지로 진행하기는 어려웠겠죠. 오늘 오전에 올해 공연은 취소하는 것으로 공식 발표를 했다고 하네요."

"아쉽겠네요. 케이와 미숀 말고도 열심히 연습했던 오케스트라 분들도요."

"그렇겠죠, 아마……."

엠마가 잠시 고민하며 차를 한 모금 마신 후 말했다.

"저…… 케이."

"네 말씀하세요, 엠마."

"음…… 이런 말씀을 드리면 제가 좀 우스워질 수도 있는데, 올리비아에게 듣기로 여기 계시는 동안 매일 밤 동물들에게 노래를 해주었다고 하던데…… 맞나요?"

"음, 네 맞아요. 밤에 산책 겸 동물원을 돌며 노래했어요. 왜요?"

"음…… 그게…… 저도 좀 믿기지 않지만 케이가 동물들에게 노래해 준 후에 동물들의 건강지표가 상승하고 있어요."

"건강지표요?"

"네, 동물들의 건강함을 숫자로 나타낸 그래프죠. 아픈 동물들도 많이 호전되었고요."

미손이 약간 놀라는 눈빛으로 끼어들며 말했다.

"예? 그게 케이가 노래를 해서 나온 결과라고 생각하시는 겁니까?"

엠마가 어색하게 웃으며 말했다.

"글쎄요, 저도 확신은 없습니다, 미스터 레논. 하지만 치료 방식을 달리한 것도 없고, 예전과 환경이 달라진 것도 없어요. 다른 것이라고는 케이가 노래를 해주었다는 것뿐이죠. 아, 다른 사육사들의 말로는 케이가 이곳에서 생활한 후부터 아침까지 숙면을 취하는 동물들도 많아졌다고 들은 것도 한몫했고요."

미손이 어이없다는 표정을 지으며 말했다.

"그래도 그건 좀…… 억측 같은데요?"

엠마가 웃으며 말했다.

"억측이면 어떻고, 오해면 어떤가요? 우리 입장에서는 동물들이 건강해진 것이 그저 고마울 뿐이에요."

미숀이 뒤통수를 긁으며 고개를 끄덕였다.

"아⋯⋯. 뭐 그건 그렇겠네요⋯⋯."

엠마가 두 팔을 테이블 위에 올리며 건을 그윽하게 바라보았다.

"그래서 말인데요, 케이."

건이 엠마의 눈을 보며 다음 말을 기다리자 엠마가 말을 이었다.

"그 오케스트라 공연 말이에요. 단 한 곡이라도 좋으니 동물원에서 해보지 않을래요?"

건이 놀란 눈빛을 짓자 미숀이 나서며 물었다.

"예? 공연을요? 여기 공연을 할 만한 공간이 있나요?"

엠마가 미숀과 건을 번갈아 보며 말했다.

"물론 있죠. 3년 전이 마지막이긴 했지만 작은 음악회를 열수 있는 야외 공연장이 있어요. 그것도 브롱스 동물원의 한가운데에요."

건이 놀란 표정으로 말을 잇지 못하자 미숀이 건에게 물었다.

"오케스트라 연주자들에게 부탁하면 여기서 공연해 줄까?"

건이 미숀을 보며 어깨를 으쓱했다.

"이야기를 해봐야 알겠죠. 미숀은 어때요, 하고 싶어요?"

미숀이 테이블을 손으로 살짝 때리며 말했다.

"당연한 거 아냐? 일 년이나 준비한 한 곡인데!"

건이 엠마를 고마운 눈빛으로 보며 말했다.

"생각해 주셔서 고마워요, 엠마."

엠마가 손을 번쩍 들며 말했다.

"고맙긴요! 저는 정말 케이의 노래가 동물들에게 편안한 휴식을 준다고 믿고 있어요. 제 입장에서는 오히려 케이에게 부탁을 하고 싶은 심정이랍니다."

건이 미소를 지으며 고개를 끄덕인 후 미숀에게 말했다.

"미숀, 드미안은 아직 돌아가지 않았죠?"

미숀이 신난다는 표정을 지으며 말했다.

"어제 스넵한테 잡혀서 술 마시고 아직도 호텔에서 자고 있을 거야 아마."

건이 웃음을 지으며 말했다.

"하하, 처음으로 스넵이 먹는 술에 감사함을 느끼네요. 그럼 연락해 볼까요?"

데릭은 올해 28살이 되는 회사원이었다. 목요일에 월차를 내고 여자친구인 릴라와 함께 브롱스 동물원으로 가는 지하철을 타고 간만에 한산한 뉴욕에서의 데이트를 즐기고 있었다.

"릴라, 브롱스 동물원 가 봤어? 거기 어때?"

지하철의 옆자리에 앉아 데릭의 어깨에 머리를 기대고 있던 릴라가 말했다.

"음…… 나도 어릴 때 가보고 안 가봤어. 네 살 때인가?"

데릭이 살짝 놀라며 물었다.

"그 동물원이 그렇게 오래됐어? 너 어릴 때면 20년도 전 이야기잖아?"

"응, 백 년도 넘은 걸로 알고 있는데? 세계에서 두 번째로 큰 동물원이래. 어릴 때 엄청 좋아했었어."

"세계에서 두 번째로 크다고? 와, 근데 시설은 좀 낙후되었겠구나?"

"아닐걸? 거기 정부 지원을 받는 곳이라 계속 리뉴얼 공사를 하더라고. 관리도 잘하고."

"그렇구나, 기대된다. 그렇지?"

"응, 아! 여기야. 이번 역에 내려야 해."

커플이 손을 붙잡고 'West Farms Square'역에서 내려 동물원으로 가는 한적한 길을 걸었다. 릴라가 미소를 지으며 폴짝 폴짝 뛰었다.

"아! 이게 얼마 만에 느끼는 평일 오후야? 주말엔 사람이 많아서 데이트하며 식사할 곳도 찾기 힘든데, 평일에 데이트하니까 너무 한적하고 좋다! 안 그래, 데릭?"

데릭이 그런 릴라를 보며 웃었다.

"응! 작년에 회사에 들어간 후로 이런 여유를 느끼는 건 정말 오랜만이네."

릴라가 볼을 부풀리며 말했다.

"그러게, 누가 금융계 쪽으로 가래? 맨날 잠도 못 자고 새벽까지 야근하고. 데릭, 네 인생이 사람 사는 거야! 어디? 학교 다닐 때 음악을 하고 싶어 하던 자유로운 데릭은 어디로 간 거야?"

데릭이 혀를 차며 말했다.

"언제 적 이야기를 하는 거야? 철없을 때 이야기고 그건. 음악은 뭐 아무나 하나?"

"그래도 그 시절 데릭이 진짜 멋있었단 말이야."

"하하, 그래. 네가 공연을 보러 왔다 나한테 반한 거지 아마?"

"참나, 웃기지도 않아. 공연 보러 갔는데 끝나고 파티에서 날 보고 반한 사람이 누군데?"

"푸하핫! 그래 그런 걸로 하자."

"그러면 그런 거지 그런 걸로 하는 건 또 뭐야? 어? 근데 저거 뭐지?"

"응? 뭐?"

릴라가 손가락을 들어 위쪽을 가리키자 데릭이 그녀의 손이 가리키는 방향으로 고개를 돌렸다. 동물원으로 가는 가로수길 사이사이에 배치된 철제 기둥에 깃발들이 가득 달려 있었다.

데릭이 철제 기둥 앞에서 깃발을 올려다보며 말했다.

"동물원 오케스트라? 여기서 음악회를 한다는데? 이번 주 주말이네, 에이 오늘은 못 보는 건가? 아쉽다."

릴라가 깃발을 보다가 아래 작은 글씨로 기재된 내용을 읽어보고는 눈이 커져 소리쳤다.

"헉! 데릭! 밑에 출연자 목록 봐봐!"

데릭이 고개를 갸웃하고는 눈을 가늘게 뜨고 아래에 적힌 출연자 목록을 읽어보며 눈을 크게 떴다.

"닥터 브레? 드미안 말리, 미숀 레논? 헉! 뭐야? 케이도 나와?"

릴라가 약간 흥분한 어투로 말했다.

"데릭, 케이면 어제 신문에서 본, 사건 때문에라도 쉬고 있어야 하는 거 아냐? 큰일 겪었다던데."

데릭이 고개를 끄덕이며 멍하게 깃발을 보며 말했다.

"응, 스토커 사건이었잖아. 줄리어드의 학생 짓이었다고 하더라. 집 안에서 백 대가 넘는 카메라가 발견되고, 도청기도 수십 대나 나왔대. 거기에 형사들이 자기를 잡으러 오자 인질극까지 벌였다던데. 멘탈이 좋은 건가? 보통 이 정도 일 겪으면 얼마간은 넋이 나가지 않나?"

"그러게 말이야. 나 같았으면 한 달은 쉬어야 사회생활이 가능했을 텐데. 멘탈이 진짜 좋은가 봐."

릴라가 중얼중얼 말을 하다 데릭의 손을 붙잡고 외쳤다.

"데릭! 우리 오늘은 다른 곳에서 데이트하고, 동물원은 주말에 오자! 응? 주말에 공연도 보고 좋잖아."

데릭이 조금 고민되는 표정으로 말했다.

"음……. 나도 공연은 보고 싶긴 한데…… 출연자도 대단한 사람들이 나오고 말이야."

릴라가 데릭의 팔을 흔들며 졸랐다.

"아아잉! 주말에 오자아! 데릭. 무료 공연이라고 하잖아, 저런 뮤지션들 보려면 티켓 값이 얼마인지 알잖아, 응? 응?"

데릭이 깃발을 한참 올려다보다 씨익 웃었다.

"알았어, 그럼 주말에 오자. 대신 저녁 식사 예약 안 했다고 툴툴거리기 없기야?"

"아싸! 알았어, 알았어!"

손을 마주 잡은 채 흔들며 다시 역으로 뛰어가는 두 사람이었다.

동물원 입구를 비롯해 동물원 곳곳에 깃발이 내걸리기 삼일 전, 줄리어드 오케스트라를 모두 모은 앨런 길버트 교수는 이번 공연의 취지를 설명하고 오케스트라 연주자 모두에게 동물원 음악회에 참여할 것을 부탁했다.

연주자들은 대부분 오랜 기간 연습을 해왔고, 무료 공연의 취지를 이해하고 자진해서 참가한 학생들이라서 그런지 모두가 장소를 불문하고 공연이 가능하다면 하겠다는 의사를 내비쳤다.

브롱스 동물원의 원장 엠마는 건에게서 공연이 가능하다는 연락을 받자마자 대형 현수막과 깃발을 제작했다.

시일이 촉박해서 화려한 현수막을 만들지는 못했지만, 참가 뮤지션들의 이름이 가진 파급효과는 상상을 초월했다.

깃발이 걸린 직후 제보를 전화를 받은 기자들이 브롱스 동물원의 폐장 시간이 지나가도 동물원 앞에 진을 치고 엠마 동물원장의 인터뷰를 요청하거나, 줄리어드 오케스트라의 연습이 이루어지고 있는 앨리스 툴리 홀 앞에도 장사진을 쳤다.

건은 스토커 사건의 영향인지 동물원 숙소에서 나오지 않고 오케스트라 연습의 지휘를 앨런 길버트 교수에게 맡기고 두문불출하였다.

드미안과 미숀만이 오케스트라의 연습에 참여하였고, 공연 전날이 되어 스넵과 닥터 브레가 연습에 참여하였지만, 끝내 앨리스 툴리 홀에서 건의 모습을 볼 수는 없었다.

공연 전날 연주자들과 엔지니어들이 동물원 폐장 시간 후에 들어와 시설을 점검했다.

그리고 모든 준비가 끝나고 최종 리허설이 시작될 즈음에야 동물원 공연장에 건이 모습을 드러냈다. 연주자들이 악기를 세팅하는 것을 바라보던 스냅이 가장 먼저 발견하고 큰 소리로 말했다.

"여어, 케이. 얼굴 보기 힘들어?"

건이 J-200을 매고 다가오며 웃었다.

"스냅! 연습은 잘돼 가요?"

스냅이 선글라스를 조금 내려쓰며 말했다.

"우리 연습이야 잘했지. 메인 편곡자라는 놈이 안 나타나서 불안해하고는 있지만 말이야."

건이 기타를 바닥에 내려놓으며 물었다.

"왜요? 무슨 문제 있었어요?"

"문제라기보다는…… 연주자들이 널 계속 기다렸어. 편곡자가 요구하는 감성이 제대로 표현되었는지 확인할 길이 없으니까 말이야. 너희 교수라는 양반도 기다리는 눈치던데, 어, 저기 오네."

건이 스냅이 고갯짓으로 가리키는 방향을 보자 앨런 길버트 교수가 헐레벌떡 뛰어오는 것이 보였다. 건이 한 발 앞으로 나서며 인사했다.

"안녕하세요, 교수님."

앨런 교수가 숨을 헐떡이며 말했다.

"헉, 헉! 그래요 케이. 이제 좀 괜찮나요?"

"네 교수님. 며칠 쉬었더니 나아졌어요. 애초부터 저한테는 별 큰일이 없었고요."

"헉, 헉 그래요? 다행이네요. 소식을 전해 듣고 많이 걱정했습니다. 그래도 이렇게라도 공연을 다시 할 수 있으니 다행이네요."

"그렇죠? 저도 그렇게 생각해요, 교수님."

"최종 리허설은 참여할 생각이죠, 케이?"

"그럼요, 저도 내일 무대에 서야 하는걸요."

"좋아요, 그럼 연주자들 준비가 끝나고 미스터 브레가 앰프 연결 테스트를 하시는 것까지 한 30분쯤 걸리니까, 조금만 기다렸다가 한번 맞춰 봐요."

"네 교수님. 걱정하게 해드려 죄송해요."

"아니에요, 이렇게 빨리 회복한 모습을 봐서 그저 반갑습니다. 그럼 전 준비를 하러 갈게요."

몸을 돌려 뛰어가는 앨런이 건에게 다가오던 드미안과 미숀을 스쳐 지나갔다.

미숀이 건에게 손을 흔들며 말했다.

"케이, 왔어?"

"응, 미숀! 내 기타 가져왔어?"

"응, 저기 무대 위에 세팅해 놨지."

드미안이 고개를 갸웃하며 물었다.

"무슨 기타? 기타는 케이 옆에 있잖아?"

미숀이 고개를 저으며 말했다.

"에이, 케이하면 화이트 팔콘이잖아. 케이가 동물원으로 급하게 오면서 화이트 팔콘을 안 챙겨왔거든. 나한테 부탁해서 오늘 가지고 온 거야."

드미안이 고개를 끄덕이자 스넵이 팔짱을 낀 채 물었다.

"그런데 케이. 최종 리허설은 한 번만 할 거야?"

건이 멀리 준비하고 있는 연주자들을 바라보며 말했다.

"글쎄요, 앨런 교수님께 부탁드려서 저희 곡을 맨 마지막으로 빼려고요. 감정이 안 살면 조금 오래 연습해야 할 수도 있거든요. 왜요? 무슨 약속 있으세요?"

"아, 에일리 병원에 가볼까 해서."

"아…… 그래요? 전…… 가면 안 되겠죠?"

"응, 내가 가서 상태보고 연락 줄게. 나도 멀리서만 볼 거야. 네미넴 말로는 아직도 누군가 다가오면 깜짝 놀란다고 하더라."

"네…… 그럼 스넵 파트는 랩이니까, 연주와는 상관없으니 한두 번만 연습에 참여하시고 일찍 들어가세요."

"음, 돌아가는 거 보고 눈치껏 알아서 하지."

건이 고개를 끄덕인 후 부산하게 연주자들에게 지시를 내리고 있던 앨런에게 다가가 다른 공연 음악들을 먼저 연습 후 마지막에 'A person falling'를 연습할 수 있도록 해달라는 부탁을 했다.

메인 편집자인 케이가 아직 전체적인 연습을 확인하지 못해 여러 번의 리허설이 있을 수 있다는 부분을 이해한 앨런이 허락하자, 건이 일행에게로 돌아와 의자에 앉았다.

곧 웅장한 오케스트라의 연습이 시작되었다. 무대 옆에 설치된 앰프 컨트롤러 앞에서 헤드폰을 쓰고 음량을 조절하던 브레가 몇 번이나 인상을 쓰며 부산하게 앰프를 조작하였다.

브레의 표정은 한 곡이 시작할 때 찌푸린 채 시작해 곡이 끝나기 전에 미미한 미소로 바뀌기를 반복하고 있었다. 곡마다 볼륨과 조작해야 하는 레벨이 달라지기에 만족할 만한 사운드를 뽑아내며 스스로 불만족하거나, 혹은 만족하는 표가 나는 것이었다.

약 한 시간이 넘는 시간 동안 음악회에서 연주될 곡들의 최종 리허설을 끝낸 앨런 교수가 연주자들에게 십여 분간의 휴식을 준 건에게 다가왔다.

"케이, 십 분 후에 'A person falling' 최종 리허설을 준비해 주세요."

"네, 교수님 수고 많으셨습니다."

손사래를 치며 화장실로 걸어가는 앨런을 본 건이 미손과 드미안을 보며 웃었다.

"그럼 가볼까요?"

드미안의 뒤로 관객석 한구석에 앉아 있던 퍼커션 세션맨 두 사람이 따라붙었다. 건이 무대로 올라가자 세션맨과 함께 퍼커션 앞에 선 드미안이 마이크를 점검했다.

미손이 메인 그랜드 피아노 앞에 앉아 건반에 손을 올린 후 마이크를 테스트했다. 건은 하쿠를 메고 무대의 가운데로 나와 멀티에 연결한 하쿠를 튕겨 보며 간단히 다른 곡을 연주를 해보았다.

지지지지지징, 징징징. 지징징!

각자 음료를 마시거나 화장실을 다녀오던 연주자들이 무대 한가운데 아름다운 기타를 든 케이의 연주를 들으며 넋을 잃었다.

간단하지만 그 실력이 드러나는 짧은 연주와 무대 가운데 선 아름다운 소년의 모습이 80명의 연주자는 멍하게 바라만 보도록 만들었다.

건이 기타의 점검을 마친 후 무대 아래에서 넋을 놓고 자신을 바라보고 있는 연주자들을 보고 잠시 멍해졌다가, 씨익 웃으며 마이크에 입을 대고 말했다.

"최종 리허설. 시작해 볼까요, 여러분?"

연주자들이 부산하게 움직여 각자의 자리에 섰다. 앨런 교수가 마지막으로 무대에 올라 지휘자 석에 서서 좌중을 둘러본 후 지휘봉을 들자 모든 연주자가 각자의 악기 위에 키를 올렸다. 앨런의 손이 드미안을 가리키자 드미안이 퍼커션을 치며 환성을 질렀다.

"하!"

퍼커션이 리드미컬한 레게의 리듬을 네 마디 연주하자 바이올린과 첼로가 'A person falling'의 전주를 연주하기 시작했다.

하지만 연주는 십여 초도 채 연주되지 못한 채 멈추어지고 말았다. 건의 수신호를 받은 앨런 교수가 연주를 멈추었기 때문이다.

건이 고민스러운 얼굴로 마이크에 입을 댔다.

"브레, 미안하지만 엠프 볼륨을 반으로 줄여주시겠어요?"

무대 옆에서 건을 보고 있던 브레가 헤드폰의 한쪽 귀를 열고 있다가 고개를 끄덕인 후 앰프를 조절했다.

건이 다시 앨런 교수에게 연주의 재시작을 요청했고, 다시 연주가 시작되었지만 이십 초를 넘기지 못하고 다시 연주가 멈추어졌다. 다시 마이크에 입을 댄 건이 말했다.

"조금 더 조용하게 진행되어야 합니다, 여러분. 악기 소리를 최대한 죽여서 낸다고 생각하시고 연주해 주세요."

첼로를 잡고 있던 여학생이 한 손을 들었다. 건이 눈짓하자 여학생이 조심스럽게 말했다.

"저…… 대략적으로 생각하시는 볼륨이 어느 정도 수준인지 여쭤봐도 될까요? 편곡자가 의도하는 바는 악보로 보았지만, 연주의 볼륨에 대해서는 전달받은 바가 없어서요."

건이 하쿠를 맨 채 팔짱을 끼고 턱을 쓰다듬으며 고민스러운 표정으로 생각에 잠겼다. 모든 연주자가 그런 건에게 시선을 집중하고도 한참이 지나 건의 입이 열렸다.

"혹시 어릴 때 어머니가 불러주시던 자장가를 기억하시는 분 계신가요? 아니면 불면증이 있으셔서 ASMR의 도움을 받으며 주무시는 분이 계신가요?"

연주자 중 대부분이 손을 들어 그러한 기억이나 경험이 있음을 알렸다. 건이 고개를 끄덕이며 말을 이었다.

"어머니의 자장가나, ASMR의 공통점은 듣는 상대를 편안하게 만들어준다는 것이죠? 여러분도 주무실 때 귀에 거슬리는 것이 아니라, 편안하게 잠에 빠져들 수 있는 자장가를 듣고 싶으실 거예요. 이번 곡의 편곡 컨셉은 바로 그러한 것입니다. 더욱 부드럽게, 더욱 소리를 자제해 연주해 주세요."

건이 퍼커션 앞에 서 있는 드미안을 보며 말했다.

"드미안, 처음 나오는 탄성음도 조금 더 줄여주세요. 숨을 내쉬며 지르지 마시고, 들이마시며 낸다고 생각해 주시면 됩니다."

드미안이 고개를 끄덕이자 건이 피아노 앞에 앉은 미숀을 보며 말했다.

"미숀, 피아노 볼륨은 좋아. 그런데 조금 더 부드럽게 물이 흐르는 것 같은 느낌으로 연주해 줄래?"

미숀이 잠시 신중한 눈으로 건을 바라보다 피아노의 건반에 손을 올렸다.

딴단다. 단단다. 단단다, 단단……

"이 정도면 될까?"

"음, 조금 더 음과 음 사이를 붙여줘. 볼륨도 좋고 멜로디도 원래 가진 특징이 귀에 거슬림이 없는 곡이긴 하지만 음이 물 흐르는 듯이 이어져야 해."

"음, 해볼게."

건이 트럼펫 주자를 보며 말했다.

"트럼펫 연주자분. 아직 트럼펫 연주 구간까지 연습 진도가 나가지 않았지만, 다시 한번 스트레이트 뮤트기 상태를 점검해 주세요. 전체적인 볼륨이 작아서 뮤트기를 달고도 소리가 튈 수 있으니, 미리 튜브도 준비해 주시겠어요? 볼륨이 안 맞으면 바로 튜브까지 설치 후에 연습을 이어 하겠습니다."

트럼펫 주자가 이미 준비해 뒀다는 듯 주머니에서 검은색 튜브를 꺼내 흔들어 보였다.

건이 살짝 미소를 지어준 후 앨런 교수에게 말했다.

"교수님, 다시 한번 부탁드려요."

앨런이 건이 연주자들에게 지시하는 것을 지켜보고 있다가 자신에게 말을 하는 건을 보며 말했다.

"음…… 케이. 일단 최종 리허설에서 한 곡을 완주할 때까지만이라도 건이 지휘를 해보는 것이 어때요? 지휘를 맡고 있는 저조차도 완벽히 케이의 의도를 이해 못 하고 있으니, 한 번이라도 완주한 후에 제가 맡는 것이 좋을 것 같은데. 케이의 기타 연주를 빼고 연습을 해보죠."

건이 잠시 고민하는 표정을 지은 후 이내 하쿠를 벗어 바닥에 놓은 후 지휘자 단상으로 다가갔다.

앨런이 건에게 지휘봉을 넘겨준 후 단상 옆에 서서 팔짱을 끼고 연주자들을 훑어보았다. 건이 자신의 손에 쥐어진 지휘봉을 우두커니 내려다본 후 연주자들을 둘러보며 말했다.

"조금…… 오래 연습하게 될지도 모르겠습니다. 제가 미리 연습에 참여하지 못해서 최종 연습이 길어지게 되었네요. 여러분께 고개 숙여 사과드립니다."

건이 지휘 단상에서 한 걸음 옆으로 걸어가 고개를 숙이자 연주자들이 당황했다. 잠시 웅성거린 연주자들 사이에서 목소리들이 터져 나왔다.

"아니에요! 무슨 일이 있으셨는지 우리 모두 봤는걸요!"

"맞아요! 괜찮아요! 충분히 이해합니다!"

"그래요, 우리 같은 학생이 유명한 뮤지션분들과 한 무대에 서는 것은 케이 덕분이에요!"

"밤을 새워도 좋으니 완벽하게 연습해서 무대에 서요! 집에 전화도 미리 해뒀어요!"

연주자들이 자신을 감싸주는 것을 보던 건이 미미한 미소를 지었다.

"밤을 새워도 좋다는 말 곧 후회하실지도 모르는데, 정말 진심이신 거죠?"

"네에!"

"괜찮아요. 어차피 내일 공연 시간이 지나면 다 끝인데요, 뭘!"

"그래요, 끝까지 제대로 해봐요!"

건이 웃음을 지으며 연주자들을 둘러보다 문득 아이디어가 생각났는지 잠시 고민하는 표정을 짓다가 앨런에게 지휘봉을 넘겨 주며 말했다.

"교수님. 금방 올게요. 연주자분들에게 10분만 휴식하도록 해주시겠어요?"

"네? 연습 시작한 지 얼마 안 되었는데 벌써요?"

"아, 제가 연습에 도움이 될만한 좋은 생각이 나서요. 10분이면 됩니다."

"아…… 그래요? 알겠습니다. 다녀오세요."

잠시 연주자들에게 쉬는 시간을 주자, 조금 전에 휴식 시간을 가졌던 연주자들이 무대에서 내려오지 않고 각자 악보를 보며 자율적으로 개인 연습을 했다.

　약 5분여가 지나자 무대 아래 관객석으로 들어오는 건의 모습을 본 여성 연주자들이 비명을 질렀다.

　"꺄악! 뭐야, 뭐야! 완전 귀여워!"

　"아악 어떡해! 나 아기 호랑이 가까이서 처음 봐!"

　"어머, 어머 아기 곰돌이 좀 봐!"

　관객석을 가로질러 다가오고 있는 건의 주위에 리키와 파이가 졸졸 따라오고 있었다. 남성 연주자들도 아기 동물의 귀여운 걸음걸이를 넋 놓고 보고 있었다.

　건이 무대 위로 올라서자 자기들도 올려달라는 듯 무대 아래에서 버둥거리는 두 아기 동물들을 본 여성 연주자들이 다시 한번 비명을 질렀다.

　"아아악! 나 한 번만 만져보고 올래!"

　"나도 나도!"

　여성 연주자 이십여 명이 우르르 지휘 단상 근처로 달려와 파이와 리키를 쓰다듬어 보며 소리를 질러댔다. 건이 그런 연주자들을 웃으며 바라보다 손뼉을 치며 주위를 환기시켰다.

　짝짝!

　"자! 이제 자리로 돌아가세요. 밤을 새우지 않으려면 부지런히 달려야 합니다."

아쉬운 눈빛을 보내던 여성 연주자들이 하나둘씩 자리로 돌아가려 하자 건이 말을 이었다.

"열 시 전에 연습이 끝난다면 파이와 리키와 잠시 놀아드릴 수 있게 해드릴 테니 어서 준비해 주세요."

어기적거리며 돌아가던 연주자들의 움직임이 후다닥 빨라졌다. 재빨리 자리에 앉은 연주자들이 악기를 몸에 대며 어서 시작하라는 듯 눈빛으로 재촉하는 것을 본 건이 웃음을 지으며 말했다.

"아까 말씀드린 바와 같이 이 곡은 자장가같이 편안하게 흘러야 해요. 아기 동물들이라 어차피 그냥 두면 잠이 들겠지만, 잠이 든 아기들이 귀를 쫑긋거린다거나, 몸을 뒤척인다면 연주는 실패한 것입니다. 완전히 숙면을 취해 잠에 빠져들어야 성공한 것이니 연주를 하시며 동물들에게 시선을 집중해 주세요."

색다른 연습 법이 흥미롭다는 듯한 눈빛을 보낸 연주자들이 웅성거렸다.

"와, 이런 연습도 있어? 재미는 있겠다."

"그러게, 들어보지도 못한 연습이네, 이런 건."

"해보지 뭐. 우리 연주로 동물들을 재워 보자고, 이런 것은 만화에나 나오는 것인 줄 알았는데."

"야, 조용히 말해 동물들이 우리 쳐다보잖아. 쟤들이 자야 우리가 집에 가지."

각자 잠시 이야기를 나누던 연주자들이 조용히 건의 손끝에 들린 지휘봉을 바라보았다. 건이 드미안을 가리키며 지휘봉을 흔들자, 드미안이 손가락을 오므리고 퍼커션을 쳤다.

손바닥으로 칠 때와 비교해 현격히 소리가 죽은 퍼커션이 울려 퍼지고, 드미안의 탄성이 나오자, 곧이어 바이올린과 첼로가 따라붙었다.

그날 밤 연습이 끝나고 리키와 파이와의 놀이 시간을 가진 연주자는 아무도 없었다. 두 아기 동물이 몸을 뒤척이지 않고 완전히 잠에 빠진 것은 새벽 두 시가 넘어서였기 때문이었다.

하지만 아기 동물과 놀지 못해 아쉬워하는 연주자는 없었다. 연습의 끝에 드디어 해냈다는 만족감과 기분 좋은 피로감에 노곤해진 연주자들이 서둘러 각자의 집으로 돌아가고, 미숀 역시 내일 무대에서 노래를 해야 하기에 목 관리를 위해 드미안이 머무르고 있는 호텔로 떠났다.

무대에 혼자 남겨진 건이 무대 아래에 발을 내리고 걸터앉아 잠이 든 파이와 리키를 쓰다듬어주었다.

'미안해, 나 때문에 너희들이 고생했어. 나중에 맛있는 간식 많이 줄게!'

두 아기 동물은 건의 부드러운 쓰다듬음이 기분 좋은 듯 그르릉 소리를 내며 배를 하늘로 향하게 했다. 미소 띤 얼굴로 리키와 파이를 한참 쓰다듬어 준 건이 둘을 안아 들고 숙소로 향했다.

올리비아의 숙소 문을 조용히 열고 들어간 건이 소파 위에 잠이 든 리키와 파이를 눕히고 담요를 덮어준 후 살금살금 밖으로 나왔다.

자신의 숙소로 돌아가던 건의 귀에 멀리서 들려오는 새들의 울음소리가 들렸다.

"음? 밤이 늦었는데, 왜 울고 있을까?"

건이 숙소로 향하던 발걸음을 돌려 새장이 있는 언덕으로 향했다. 어둠이 가득한 동물원 드문드문 설치된 가로등 불빛에 비친 새장 속 새들이 잠을 이루지 못하고 새장 속을 날아다니고 있는 것이 보였다.

새들이 건이 다가오자 반갑다는 듯 날갯짓을 하며 건의 얼굴이 보이도록 몸을 돌린 후 각자 나뭇가지에 앉았다.

어리둥절한 얼굴로 새들을 보던 건이 새들을 빤히 바라보다 짙은 미소를 지었다.

"날 기다려 준거야?"

새들이 대답하듯 짹짹거리자 새장 옆 벤치에 앉은 건이 기타를 꺼내 들었다.

"오늘도 노래해 줄게, 애들아. 좋은 꿈 꿔!"

건의 기타에서 조용한 아르페지오가 흘러나오고, 잠시 후 열린 건의 입에서 아름다운 멜로디의 노래가 울려 퍼졌다.


정말 당신이 여기 온 건가요?

그리고 난 꿈을 꾸고 있는 건가요?

진짜인지 꿈인지 모르겠네요.

왜냐면 정말 오래됐으니까요.

당신을 본지가.

나는 잘 기억나지 않아요.

당신의 얼굴이 더 이상.

내가 정말 외로워질 때면.

거리는 멀고 침묵만 있네요.

난 당신의 미소를 떠올려요.

자신만만한 눈빛을.

속삭였던 사랑.

당신이 나를 원하신다면, 날 만족시켜 주세요.

당신이 나를 원하신다면, 날 만족시켜 주세요.

건의 조용한 노래 한 곡이 채 끝나기도 전에 브롱스 동물원이 쥐 죽은 듯 조용해졌다. 이미 잠이 들었던 동물들은 더욱 깊은 잠에 빠졌고, 잠을 이루지 못하던 동물들은 잠시 몸을 뒤척이다 잠에 빠져들었다. 새벽녘에 울려 퍼진 건의 노래는 그렇게 한참 계속되었다.

조용해진 새장을 보던 건이 하늘을 보며 눈을 반짝였다.

"내일이구나. 자연이 내는 소리를 세상에 내어놓을 날이."

브롱스 동물원은 이례적으로 주말 영업시간인 오후 5시 30분을 밤 10시까지로 연장하고, 5시 30분에 동물원 입장객을 퇴장시킨 후 7시부터 다시 무료 입장 관객을 받았다.

미리 입장해서 기다렸던 입장객들은 동물들의 휴식을 위함이라는 말에 두 말없이 동물원 밖의 카페나 식당에서 저녁을 먹으며 7시를 기다렸다.

데릭과 릴라는 브롱스 동물원의 홈페이지를 통해 미리 이 정보를 입수했기에, 다른 곳에서 식사를 하고 6시 50분경 브롱스 동물원에 도착했다.

"와아, 데릭! 이 사람들 좀 봐! 방송국에서도 왔나 봐. 저기 카메라도 있어. 저기도! 저기도!"

어린아이처럼 기대감에 젖어 폴짝거리는 릴라를 흐뭇한 미소로 보고 있던 데릭도 말했다.

"워낙 유명한 사람들이 나오니까 그렇지. 그런데 홈페이지를 보니 줄리어드 오케스트라의 공연이 메인이고, 마지막 곡만 그 사람들이 나오는 것 같더라. 앞에 것도 봐야 할까?"

릴라가 어깨를 으쓱하며 말했다.

"열심히 준비한 음악회인데 마지막 곡만 보면 안 되지. 그리고 입장 후에 음악회가 진행되는 공연장 외에 동물들이 있는 곳은 입장이 안 된데."

"아, 그래? 하긴 동물들도 밤에 쉬어야 할 텐데 우리 좋자고 괴롭히면 안 되겠지."

"앗! 입장 시작하나 봐! 빨리 줄 서자, 좋은 자리 잡아야 조금이라도 가까이서 보지, 나 케이 보고 싶단 말이야."

"뭐야? 너 남자친구가 눈 시퍼렇게 뜨고 있는데 다른 남자가 눈에 들어와?"

"피, 스타잖아. 스타는 스타일 뿐이라고 데릭. 그런 걸로 질투하는 남자는 매력 없어."

"참나, 뭐…… 케이라면 어쩔 수 없겠다. 잘생기긴 진짜 잘생겼지. 음악도 엄청나고."

"히히, 인정해 데릭, 그런데 저 아저씨는 뭔데 기자들이 인터뷰하는 걸까?"

"어디? 어딘데?"

"저기 동물원 입구 왼쪽 말이야."

릴라가 가리킨 곳으로 시선을 돌린 데릭의 눈에 기자들에게 둘러싸여 인터뷰를 하고 있는 중년의 남자가 보였다. 그는 약간 딱딱한 표정으로 기자들의 질문에 답하고 있었다.

◈ 6장 ◈

스토커와 오케스트라와 동물원(4)

기자들은 여러 마이크를 묶어 중년 남자에게 주며 여러 각
도에서 카메라를 들이대고 있었다. 주위를 둘러싼 기자 중 한
명이 질문을 던졌다.

"노먼 레브레히트 씨. 영국을 잘 떠나지 않으시는 것으로 알
고 있는데, 이번에 미국에 방문하신 이유가 이 공연 때문이라
는 소문이 사실입니까?

노먼이 예의 딱딱한 표정으로 말했다.

"네, 맞습니다."

"레오파드의 유럽 투어 후 'Telegraph'를 통해 본인의 실수
를 인정하셨었는데요, 이번 미국 방문이 그와 연관이 있습니
까?"

노먼이 잠시 기자를 노려보았다. 기자는 노먼이 굳은 표정으로 자신을 노려보자 살짝 물러났지만, 반드시 답을 얻겠다는 듯 들고 있는 마이크를 더욱 앞으로 내밀었다.

자신의 입에 더욱 가까이 붙여진 마이크를 내려다보던 노먼이 말했다.

"맞습니다. 레오파드의 투어 당시 케이의 존재를 몰랐던 제가 성급한 기사를 썼다는 점은 'Telegraph'를 통해 밝힌 바 있습니다. 미국에 온 이유는 천재인 케이가 만든 오케스트라 음악을 제 눈으로 직접 보고, 제 귀로 직접 듣기를 원했기 때문입니다."

기자가 다시 질문했다.

"케이를 천재라고 표현하셨습니다. 아직 학생이고 자신의 앨범을 낸 적이 없는 사람에게 천재라는 호칭을 주는 것은 일부 성미 급한 언론인뿐이라는 여론이 있는데요, 영국 최고의 비평가라고 불리는 노먼 레브레히트 씨 역시 케이를 천재라고 인정하시는 것입니까?"

노먼은 자신있는 목소리로 답했다.

"네, 물론입니다. 그러한 여론을 형성하는 사람에게 전하고 싶군요. 당신 역시 그의 음악을 들어본 후에 다시 말하라고 말이죠. 그러다 영국에서 창피를 당했던 제 꼴이 날 테니까요."

"이번 공연은 정식 공연이라기보다는 줄리어드 스쿨에서 진행하는 무료 공연으로 학예회 수준의 공연이라는 이야기도 있는데요, 노먼 씨께서는 어떻게 생각하십니까?"

노먼이 질문을 한 기자를 어이없는 눈으로 바라보며 차갑게 말했다.

"닥터 브레, 드미안 말리, 스넵 독, 미숀 레논이 학교의 학예회 공연에 나온다고요? 당신 지금 제정신으로 하는 질문입니까?"

질문을 던진 기자의 얼굴 빨개지며 슬그머니 마이크가 내려가자 노먼이 손을 들어 보이며 말했다.

"자, 인터뷰는 여기까지 하죠. 지정 좌석제가 아니라 저 역시 줄을 서서 자리를 잡아야 하니까요."

노먼이 자리를 뜨자, 기자들이 각자 손목시계를 확인하더니 우르르 동물원으로 들어갔다.


옆에서 인터뷰를 구경하고 있던 릴라와 데릭이 손을 잡고 동물원으로 들어가며 이야기했다.

"데릭, 저 사람 아는 사람이야?"

"아니, 들어보니까 영국의 비평가라고 하던데."

"응, 나도 들었는데, 영국 비평가가 왜 미국까지 왔지? 정말 케이를 보러 온 건가?"

"응, 그런가 봐. 인터뷰 내용을 들어보면 그렇더라고."

"케이가 진짜 천재이긴 한가 보다. 나중에 앨범 나오면 꼭 소장해야지."

"하하, 그래. 첫 앨범은 내가 선물할게."

"진짜야? 약속한 거다?"

"하하, 알았어, 알았어. 어? 저기가 공연장인가 보다."

손을 꼭 잡은 데릭과 릴라의 앞에 거대한 숲 한가운데 있는 원형의 공연장이 나타났다. 벌써부터 많은 사람이 관객석에 들어차 있어 중간 지점이 앞에는 앉을 수 없어, 약간 뒤편의 관객석에 자리를 잡은 데릭이 좌석에 앉으며 말했다.

"와, 무슨 사람이 이렇게 많아? 몇천 명은 되겠는데?"

릴라가 데릭의 옆자리에 앉으며 말했다.

"출연진이 화려하잖아. 우리 들어올 때도 우리 뒤로 계속 사람들이 밀려오더라고. 지금보다 훨씬 더 들어올걸?"

릴라의 말처럼 야외 공연장에는 끊임없이 관객들이 밀려들어 오고 있었다.

점잖아 보이는 노부부, 아이의 손을 잡고 행복한 표정을 짓는 신혼부부, 릴라와 데릭 같은 젊은 커플들과 가족 단위의 관람객들이 계속 관객석을 채우고 있었다. 공연 시간 10분 전이 되자 준비되어 있는 모든 관객석이 꽉 차고도 모자라 관객석 뒤편과 옆에 서서 공연을 보려 하는 사람들로 숲속 공연장이 관객들로 가득해졌다. 만여 명이 넘는 관객들의 웅성거림이 점점 커질 무렵 무대를 가렸던 커튼이 열렸다.

관객들이 공연 시작을 예감하고 환호를 지르기 시작했다.

"휘이이익!"

"기다렸어요! 빨리 시작합시다!"

커튼 뒤에 있던 무대는 조금 특이한 형태였다. 무대를 정확히 반으로 나누어 연주자들의 좌석이 준비되어 있었는데, 좌석의 형태가 블록이 나뉜 것같이 정사각형 두 개가 대칭되도록 놓여 있었고, 가운데는 텅 비어 있었다. 무대 오른쪽 맨 앞에 그랜드 피아노가 놓여 있었고, 반대편에는 퍼커션이 놓여 있었다.

약 3분 후 무대 위로 지휘자인 앨런 길버트 교수가 올라왔다. 무대용 의상을 멋지게 차려입은 앨런 교수가 바른 걸음으로 무대에 올라와 정 중앙에 선 뒤 정중히 고개를 숙여 인사하자, 박수가 터져 나왔다.

미소를 머금은 앨런 교수가 여러 번 인사를 하고 난 후 지휘자 단상에 서자, 커튼 뒤에 대기하고 있던 80명의 오케스트라 단원들이 걸어 나와 각자의 자리에 앉았다.

무대 위에서 준비하는 연주자들을 보고 있던 관객들의 눈에 무대 옆에 나타난 사람이 들어오자, 지금까지와 비교도 안되는 환호가 터져 나왔다.

"으아아! 닥터 브레야!"

"진짜 닥터 브레가 온 거야? 대박이다!"

"잘생겼다!"

하얀 서츠에 검은 바지를 입고 하얀 나이키 운동화를 신은 닥터 브레가 관객들의 환호에 손을 들어 답례를 한 뒤 헤드폰을 쓰고 지휘자를 바라보았다.

앨런 교수가 브레와 눈을 맞춘 후 고개를 끄덕였다. 지휘자 단상에서 뒤로 돌아 관객석을 바라보는 앨런 교수의 손에 마이크가 쥐어져 있었다.

"안녕하세요, 줄리어드 오케스트라입니다."

관객석을 바라보고 있던 앨런 교수의 뒤에 자리를 잡고 앉아 있던 연주자들이 일제히 일어나 관객석을 향해 인사했다.

"와아아아아!"

짧은 환호와 박수가 끝나자 연주자들이 자리에 앉았다. 여전히 마이크를 들고 관객석을 바라보고 있던 앨런 교수가 말했다.

"첫 곡은 안토닌 레오폴트 드보르작(Anton n Leopold Dvořák)의 교향곡 9번 마단조 '신세계로부터(From The New World)'입니다."

앨런 교수가 조용히 기다리는 관객들을 한번 훑어본 후 마이크를 놓고 지휘봉을 잡았다.

뒤로 돌아서 연주자들과 눈을 마주친 앨런 교수가 지휘봉을 천천히 들고 바이올린과 첼로 연주자들이 앉아 있는 곳을 보며 서서히 지휘봉을 움직였다.

멀리서 들려오는 듯한 바이올린 소리와 작게 시작되는 트럼 펫 소리가 마치 신세계로 들어가는 동굴의 입구를 빠져나가는 듯한 환상을 주는 도입부가 관객석을 휘감았다.

신비로운 느낌의 작은 소리는 동물원을 감싸고 있는 숲의 배경과 합쳐져 환상적인 분위기를 내었다.

앨런 교수의 지휘봉이 금관 악기 주자를 가리키자, 갑자기 울려 퍼지는 튜바 소리가 눈 앞에 펼쳐진 신세계를 보고 내는 탄성과 같이 울려 퍼지고, 푸른 들녘의 평온함이 느껴지는 편 안한 전체 연주가 시작되었다.

미국의 인디언과 흑인 음악의 특징도 채택하고 있는 드보르 작의 음악은 대중이 알기 쉬운 윤곽으로 채워져 있어 많은 이 들이 공감할 수 있는 음악이었다.

오케스트라 음악이 익숙하지 않은 일반 관객들도 편안하게 들을 수 있는 음악을 첫 곡으로 선택함으로써 관객들은 자신 이 이해하지 못하는 수준의 음악이 나올 것이라는 걱정을 덜 어내고 각자 눈을 감거나, 멋진 공연장의 풍경을 배경 삼아 즐 거운 표정으로 감상하고 있었다.

첫 곡을 연주하고 있는 줄리어드 오케스트라를 심각한 눈 으로 바라보고 있던 노먼 레브레히트가 팔짱을 낀 채 생각에 잠겼다.

'줄리어드 오케스트라의 실력이 이 정도였던가? 유명 필하모니 오케스트라와 견주어도 부족함이 없다. 그들에게 무슨 일이 있었던 거지? 이런 볼륨이라니, 드보르작의 신세계로부터가 주는 감정을 완벽하게 재현하고 있어.'

노먼이 등골에서부터 올라오는 소름에 몸을 부르르 떨면서도 오케스트라에게서 눈을 떼지 않았다.

클래식 전문 방송에서 나온 리포터와 PD들도 카메라가 돌아가는 동안 멍한 표정으로 연주자들을 보고 있었다. 일반 관객들은 그 차이를 알 수 없었지만, 전문가들의 귀에 들리는 오케스트라의 선율은 학생 연주자들이 낼 수 있는 수준이 아니었기에, 놀라움을 보이고 있는 것이었다.

30여 분이 넘는 긴 곡을 연주하는 동안 숨을 죽이고 집중하고 있던 전문가들이 첫 곡이 끝나자마자 기립 박수를 쳤다.

일반 관객들이 보내는 환호성과는 다른 의미의 진정한 탄성이었다.

짝짝짝짝짝!

"와아! 브라보!"

만족스러운 표정의 앨런 교수가 뒤로 돌아 인사했다. 환호하는 관객들을 둘러본 앨런 교수가 마이크를 들고 말했다.

"다음 곡은 차이콥스키(Tchaikovsky) 바이올린 협주곡 D장조, 35번 1악장입니다."

브롱스 동물원에 차이콥스키의 웅장하고 슬픈 협주곡이 울려 퍼지는 밤이었다. 건의 마지막 곡이 시작되기 전까지 두 시간 반 이상의 시간이 흘렀고, 관객들이 즐거운 마음으로 마지막 곡을 기다렸다.

♪♫♪

드디어 마지막 곡의 순서가 되었고, 무대를 꽉 메우고 있던 80명의 연주자 대부분이 정중히 인사를 한 후 무대 밖으로 이동하였다. 무대에 30명가량의 연주자만 남자, 지휘를 맡고 있던 앨런 교수까지 인사를 한 후 무대를 내려갔다.

지휘자까지 무대 아래로 내려가자 노먼 레브레히트가 고개를 갸웃거리며 작게 말했다.

"오케스트라는 필요에 따라 연주자의 수를 조절하긴 하지만…… 지휘자까지 내려가는 이유가 뭐지?"

일반 관객들도 당황하며 웅성거렸다.

원형 무대의 양옆으로 걷혀 있던 커튼이 서서히 닫혔다. 아직 마지막 곡이 남았음에도 무대가 닫히고 있자 관객들의 웅성거림이 더욱 커졌다.

약 5분여가 흐르는 동안 무대를 가로막은 커튼은 열리지 않았다. 관객들의 웅성거림이 점점 커지고 마지막 곡의 공연이 취소된 것은 아닐까 하는 이야기들이 나올 때쯤 무대 위의 커튼이 천천히 열리기 시작했다.

관객들이 갑자기 움직이는 커튼을 손가락질하며 외쳤다.

"아! 다시 시작하나 봐!"

"아, 끝난 줄 알고 마음 졸였네. 난 이 곡 하나 보려고 온 거였는데."

"빨리 시작해요!"

커튼이 서서히 열리고 무대가 드러나자, 관객들의 당황스러운 외침이 터져 나왔다.

"뭐야? 연주자들이 왜 전부 가운데를 보고 있지? 지휘자 석이 아니고?"

그랬다. 드러난 무대에 자리를 잡고 있는 연주자들은 두 블록으로 나뉘어 가운데 텅 빈 공간 쪽을 보고 앉아 있었고, 가운데의 통로에는 눈부시게 아름다운 기타 한 대가 기타 스탠드에 세워져 있었다. 그를 본 관객들이 소리를 질렀다.

"꺄아아악! 화이트 팔콘이야!"

"케이다! 케이의 기타야!"

관객들의 비명은 안중에도 없이 자리에 앉아 눈을 감고 집중하고 있는 연주자들의 뒤편에서 드미안 말리를 비롯한 흑인 세션맨 두 명이 걸어 나오며 손을 흔들자 또다시 관객석에서 비명이 터져 나왔다.

"와아! 드미안 말리다!"

"롭 말리의 아들 드미안이다!"

동물원에 모인 관객들의 환호를 받으며 퍼커션이 설치된 자리로 와 악기를 점검하던 드미안 말리가 퍼커션 앞에서 눈을 감고 섰다.

그러자 커튼 오른쪽에서 미숀 레논이 걸어 나왔다. 그는 검은 연미복을 입고 미소를 지으며 그랜드 피아노 앞으로 걸어와 정중히 인사했다.

"와아! 롭 말리의 아들과 존 레논의 아들이 같은 무대에 서는 걸 보다니!"

"아악! 너무 기대돼!"

미숀이 그랜드 피아노 앞에 앉아 숨을 고르며 눈을 감았다. 관객들이 조용히 그들의 모습을 지켜보고 있는 중 갑자기 대다수의 여성 관객들이 동물원이 무너질 듯한 비명을 질러댔다.

"으아아앗! 케이야!"

"꺄아악! 내 사랑!"

"어머어머, 어떡해! 턱시도를 입은 케이라니! 너무 멋져 아악!"

"자기야! 자기 애인은 나라고! 케이가 아니고!"

"조용해! 자기는 케이의 발가락 때만도 못하니까, 홍!"

여성들의 비명처럼 무대의 뒤에서 연주자들이 앉은 좌석의 블록 가운데로 걸어오는 건은 검은색 턱시도를 입고 목이 높은 브레스 셔츠를 입고 있었다.

마지 오케스트라의 지휘자 같은 차림의 건이 미소를 지으며 손을 들자, 다시 한번 엄청난 환호와 박수가 객석으로부터 터져 나왔다.

"아아아악! 케이!"

건이 양손을 들고 관객들의 시선을 집중시키더니, 미소를 지으며 오른손으로 무대 옆 커튼 쪽을 가리켰다. 관객들이 건의 손짓에 따라 무대 옆으로 시선을 돌렸다.

"꺄악! 뭐야 저 귀여운 아기들은!"

"뭐야! 곰? 호랑이야? 아기 동물들 같은데?"

건의 손이 가리키는 곳에서 나온 리키와 파이가 조그만 엉덩이를 실룩거리며 무대 위로 올라와 자신들을 보고 소리를 지르는 관객들을 보며 고개를 갸웃거렸다.

리키는 사람들이 큰소리를 지르자 본능적으로 몸을 일으키고 두 발로 서서 양 앞발을 들었다. 귀여운 모습의 리키가 마치 관객들에게 인사하는 포즈를 취하자 많은 관객들이 웃음을 터뜨렸다.

"꺄하하하! 귀여워!"

파이는 아기였지만 호랑이는 호랑이였는지 이런 규모의 군중을 보고도 놀라지 않고 사람들을 힐끗 본 후 깡총깡총 뛰어 건의 곁으로 갔다. 리키 역시 잠시 관객들을 어리둥절한 눈으로 보다가 파이가 없어진 것을 확인하고는 두리번거리며 찾다가 건 쪽으로 쪼르르 뛰어왔다.

건이 자신의 몸을 숙여 곁으로 온 리키와 파이의 머리를 쓰다듬어주자 애교를 피우며 바닥을 굴러다니는 두 아기 동물이었다. 관객들이 아기 동물의 귀여운 모습을 보며 자기도 모르게 각자의 입꼬리에 짙은 미소를 매달았다.

건이 몸을 일으켜 가까이 앉아 있는 첼로 연주자에게서 마이크를 전해 받았다.

잠시 숨을 고른 건이 마이크에 입을 대고 말했다.

"오늘 이 자리에 함께해 주셔서 대단히 감사합니다. 줄리어드 오케스트라의 케이입니다."

인사를 하며 손을 든 건에게 환호가 쏟아졌다.

"꺄아아아악, 사랑해요!"

"너무 기대했어요! 진짜 잘생겼어요, 케이!"

"어떡해, 나 진짜 반할 것 같아!"

잠시 환호하는 관객들을 바라보던 건이 다시 마이크를 들었다.

"오늘 공연은 줄리어드 오케스트라의 정기 무료 공연이었습니다. 언제나처럼 줄리어드 스쿨 내의 공연장이 아닌, 이곳 브롱스 동물원에서 이루어진 공연이었죠. 사실 오늘 공연은 동물들을 위한 것이었어요. 아, 동물들에게 후원금을 보내 달라는 뜻은 아닙니다."

건의 가벼운 농담에 관객들이 웃음을 짓자 건이 말을 이었다.

"인연의 시작은 어느 밤에 아무 생각 없이 기타를 들고 오른편에 보이는 대형 새장 앞에서 노래를 부르는 것으로부터였습니다."

건의 손짓에 관객들이 무대 오른편에 솟아올라 있는 대형 새장을 보았다. 숲이 우거져 있어 꼭대기만 보이는 새장이었지만, 새들이 새 장안에서 힘차게 날갯짓을 하며 활발하게 날아다니고 있는 것이 보였다.

"기사로 나갔으니 저에게 있었던 일은 많은 분께서 알고 계실 거예요. 고민하며 방황하던 제가 이곳 브롱스 동물원으로 온 것은 행운이었습니다. 덕분에 보고 계신 리키와 파이도 만났고요."

건이 말을 하며 리키와 파이를 내려다보자 바닥을 굴러다니며 장난을 치던 두 아기 동물이 자신들의 이름을 부르는 것을 듣고 고개를 갸웃하며 건을 올려다보았다. 관객들이 귀여운 두 아기 동물의 모습에 다시 웃음을 지었다.

건이 바라만 보아도 웃음이 나오는 리키와 파이를 내려다보며 웃어준 후 말을 이었다.

"오케스트라 음악을 처음 접한 제게 동물들과 자연이 내는 소리가 어떤 것인지 알려주신 사육사 올리비아와 브롱스 동물원에서의 공연을 허락해 주신 엠마 원장님께 감사드립니다."

건이 마이크를 입에서 떼고 박수를 유도하자, 관객들이 박수를 쳤다. 건이 손뼉을 치는 손을 앞으로 내밀며 한 곳을 쳐다보자, 관객석 맨 앞에 두 여성이 어색한 포즈로 일어나 돌아보며 손을 흔들었다.

관객들이 두 여성이 건이 언급한 올리비아와 엠마인 것을 눈치채고 더 큰 박수를 보내주었다.

올리비아와 엠마가 난생처음 받아보는 관객들의 환호에 어색해하며 자리에 앉자 건이 다시 마이크를 들었다.

"마지막으로 들려드릴 곡은 미숀 오노 레논의 'A person falling'라는 곡을 오케스트라 곡으로 편곡한 것입니다. 슬픈 사랑의 감정을 표현한 곡이기도 하고, 그 노래 속에 사랑의 아름다움, 이별에 대한 두려움, 죽음이라는 세 가지 감정이 공존해 있는 곡이지요."

건이 진지하게 곡에 대해 설명하기 시작하자, 일반 관객들과 전문가들이 귀를 기울였다.

"단지 이 곡이 주는 감정에 대해 표현하기 위해 오케스트라로 편곡한 것은 아닙니다. 사전 설명을 하기보다는 먼저 연주를 들려드리고, 곡에 대한 해석과 판단은 여러분께 맡기려 해요. 그것이 예술을 하는 모든 사람들의 숙명이 아닌가 합니다."

건이 손을 뻗어 하쿠를 잡고 어깨에 둘러멘 후 다시 입을 열었다.

"저의 음악 인생에 있어 마음속으로 스승으로 생각하는 분 중 한 분이 이런 말씀을 하셨습니다. '의도하지 않는 것을 노래하면 그 음악은 의미가 없다, 음악은 반드시 무언가를 의미해야 한다, 듣는 이가 그것을 듣고 감정의 변화를 겪는다면 그것은 그 음악의 의미하는 바가 듣는 이에게 전달된 것이다'라고 말이죠. 부디 이 음악을 편곡하며 의도했던 것들이 여러분께 닿기를 바랍니다."

관객들의 눈에 마이크를 놓은 아름다운 소년이 세상에서 가장 아름다운 눈부시게 하얀 기타를 매고 눈을 감은 채 고개를 하늘로 향한 모습이 들어왔다.

잠시 집중하고 있던 소년의 모습은 그에게 시선을 집중하고 있는 연주자들의 가운데에서 눈부시게 빛났다. 조용히 소년의 집중을 방해하지 않고 침묵을 유지하던 관객 사이에서 여성의 것으로 보이는 음성의 중얼거림이 있었다.

"지, 진짜 아름다워……"

건이 조용히 하쿠의 헤드에 끼워둔 피크를 빼 기타 줄 위에 손을 올리며 눈을 떴다.

블록으로 나누어져 자리를 잡은 모든 연주자가 그런 건에게 시선을 집중하는 것을 확인한 건이 퍼커션 앞에서 대기하고 있던 드미안과 두 명의 퍼커션 세션 주자들에게 시선을 주며 고개를 끄덕이자, 세션맨이 오므린 손으로 작게 퍼커션의 첫 리듬을 타격했다.

"하!"

드미안 말리의 작은 탄성이 울리고 마이크를 대지 않은 듯 작은 소리의 퍼커션이 특유의 레게 리듬으로 연주의 문을 열었다.

드미안이 리드미컬한 퍼커션 연주를 진행하며 몸으로 그루브를 타기 시작하자 관객들이 일렁였다. 조용한 연주이긴 하였지만, 레게 특유의 리듬감이 점잖게 공연을 관람하던 관객들의 몸을 조금씩 움직이게 만들었다.

건이 한 손을 들어 바이올린과 첼로 연주자들을 대기 시켰다가 손을 크게 휘저으며 신호를 주었다. 바이올린 연주자들이 먼저 건의 신호에 따라 'A person falling'의 전주를 연주했고, 즉시 첼로가 따라붙었다.

레게의 리듬감에 바이올린과 첼로가 주는 웅장한 연주가 가미되자 마치 세상에 없는 새로운 악기 소리가 탄생하는 듯한 착각이 들었다.

관객들이 새로운 연주를 신기한 눈으로 보며 탄성을 흘리던 시각, 노먼 레브레히트와 클래식 전문가들은 놀란 눈으로 건을 보고 있었다.

'기타를 맨 연주자가 지휘하고 있다!'

노먼의 눈에 기타를 맨 채 무대의 중앙 공간에 서서 양손을 휘저으며 양쪽에 늘어선 연주자들을 지휘하고 있는 건이 들어왔다. 노먼이 떨리는 눈으로 주머니에서 손수건을 꺼내 이마에 솟아난 식은땀을 닦았다.

'연주자가 지휘를 하다니, 거기다 이 볼륨은 뭐야? 이전 클래식 음악보다 더 볼륨이 낮다. 어떻게 귀에 거슬림이 단 하나도 없을 수가 있지? 내가 음악을 듣고 있는지 아프리카 평원에서 불러오는 바람 소리를 듣고 있는지 분간이 가지 않는 수준이다.'

클래식 전문 채널 PD들 역시 입을 쩍 벌린 채 연주를 지켜보고 있다가 음향을 맡은 감독에게 헐레벌떡 뛰어가 물었다.

"녹음 잘 되고 있어요, 감독님?"

음향 감독이 고개를 끄덕였지만 자신 없는 표정을 지으며 말했다.

"녹음은 잘 되고 있는데, 이게 TV 방영이 될 때 지금 우리가 듣고 있는 그대로 전달될지는 자신이 없네요. 공연 촬영 20년 만에 이렇게 잡아내기 어려운 음향은 처음입니다. 이게 음악이 맞는지도 의심스러워요."

PD가 걱정스러운 눈으로 무대를 보며 중얼거렸다.

"이런 공연이 무료라니, 이건 티켓 값이 얼마라도 사서 봐야 하는 공연이잖아? 하아, 이거 내 PD 인생에 최대 위기가 될지도 모르겠군. 시청자들에게 이 공연의 대단함을 얼마나 전달할 수 있는지가 내 능력의 지표가 될 테니 말이야."

눈을 감고 그랜드 피아노의 위에 손을 올리고 있던 미숀이 몸 전체를 돌려 건을 보았다.

건이 다른 연주자들 전체와 눈을 맞추며 지휘를 하던 중 미숀을 돌아보며 지휘봉을 찔렀다.

동시에 미숀의 피아노가 소리를 내며 연주에 올라탔지만, 관객 중 눈을 감고 음악을 듣던 관객들은 피아노가 합류하였는지조차도 알 수 없을 만큼 작고 부드러운 소리가 선율에 합류했다.

눈을 뜨고 연주자들을 보고 있던 관객들 역시 너무나 작고 물 흐르듯이 이어지는 피아노 연주를 보며 마음이 편안해지는 것을 느꼈다.

드미안과 세션맨들의 퍼커션이 리드미컬하게 흘러갔지만, 아름다운 피아노 연주가 중심을 잡으며, 전체적으로 슬프고 아름다운 연주로 바뀌어 갔다.

건이 끊임없이 손을 움직이며 음악을 이끌어 나갔고, 곧 미숀의 고개가 들리며 노래가 시작되었다.


사랑은 마치 비행기에 탄 것과 같아.

꼭 뛰어내리고 나서야 기도하니까.

운이 좋은 누군가는.
며칠 더 구름 속에서 머물기도 해.
삶이 단지 무대일 뿐이라면.
최고의 쇼를 보여주고.
모두의 시선을 끌게 만들어.


미숀의 목소리는 마치 일요일 오후 소파에 누운 남자가 자신의 허벅지를 베고 잠이 든 연인의 머리를 만져주며 귓가에 속삭이는 것 같이 부드럽고 작았지만, 정확한 발음과 표현으로 이루어져 있었다.

자기도 모르게 두 손을 모으고 눈을 하트로 바꾸어버린 여성들의 중심으로 더욱 집중하는 분위기가 형성되었다. 건이 곡의 Interlude(클라이맥스) 부분이 다가오자 시선을 연주자들에게 고정하며 기타 줄에 손을 올렸다.

건이 기타 줄에 손을 얹는 것이 신호였는지, 잠시 연주를 쉬어가고 있던 몇몇 연주자들이 재빨리 자신의 악기 위에 각자의 키를 올리고 한꺼번에 소리를 내기 시작하였고, 그 음들은 서로가 거슬리지 않고 하나가 되었다.

단 하나의 악기, 건의 기타만이 조화로운 자연의 소리 위에 불어오는 바람 같이 조금 다른 음색을 내기 시작했고, 그와 동시에 미숀의 노래가 절정으로 향했다.

그러기에, 만약 내가 오늘 밤 죽어야 한다면.

마지막까지 너와 함께 있고 싶어.

뛰어내리기 전에 낙하산을 끊어줄래.

울며 서 있지 말아줘.

넌 날 끌어내려야 하잖아.

지면에 부딪히기 전, 우린 꽤 즐거운 시간을 보냈어.


건의 기타는 저녁 들녘의 아름다운 풍경과 야생의 동물 소리에 잠시 바람이 불어왔던 것과 같은 여운을 남기며 끝났다.

다시 양손을 올린 건이 지휘를 시작했고, 건이 기타를 연주하는 것과 지휘하는 것과 관계없이 건에게 시선을 집중하던 연주자들이 한꺼번에 고개를 끄덕이며 건의 지휘에 따라 연주를 따라갔다.

너무 아름다운 소리에 그저 멍하니 연주자들을 보던 노먼이 자리에서 일어날 힘도 없는지 중얼거렸다.

"자연의 소리…… 그걸 표현하려 하는 것이었어."

노먼이 연주자들의 가운데 서서 연주를 이끌어 나가는 건을 떨리는 눈으로 지켜보았다.

"어쩌면, 내가 생각했던 범주를 벗어난 천재일지도 모르겠다. 케이."

카메라 옆에 붙어 방송용 음향 장비에 쪼그리고 앉아 헤드폰을 쓴 채 잔뜩 인상을 쓰고 있던 음향 감독이 녹음되는 상황이 마음에 안 드는지 계속해서 장비를 조절하고 있었다.

PD가 걱정스러운 표정으로 옆에 앉으며 작게 소근거렸다.

"감독님, 무슨 문제 있어요?"

음향 감독이 손을 올려 조용히 해달라는 신호를 보내고도 한참 동안 인상을 찌푸리며 헤드폰에서 흘러나오는 음향을 점검하다 결국 헤드폰을 벗으며 말했다.

"휴, 이거 도저히 안 되겠는데요? 이거 그냥 방송으로 내보내면 제가 용납이 안 될 것 같습니다. PD님."

PD가 놀란 표정으로 물었다.

"예? 방송 내보내려고 온 건데, 방송을 안 하면 어째요?"

음향 감독이 고개를 저으며 헤드폰을 내려놓았다.

"지금 PD님의 귀로 들리는 이 음악의 대단함을 이 장비로는 따낼 수가 없어요. 나중에 확인하시면 아시겠지만, 삼분지 일도 제대로 따내지 못하고 있습니다. 이런 걸 그냥 방송에 내보내고 크레딧에 제 이름이 박히는 건 20년 음향 감독 인생에 오점으로 남을 거예요."

PD가 입을 쩍 벌리고 음향 감독을 보았다. 이 감독은 스스로 말하는 것과 같이 20년간 주로 클래식 음악의 공연을 다니며, 다큐멘터리나 음악 소개 방송의 음향을 따내던 베테랑 감독이었다. 그가 잡아낼 수 없는 음악이 있을 것이라고는 생각도 못 한 PD였다.

물론 야외에서 이루어진 공연이고, 큰 공연이 아니었기에 고급 장비를 가져오지는 않았지만, 음향 감독을 철석같이 믿었던 PD의 입장에서는 청천벽력이었다.

PD가 고개를 돌려 무대 옆에서 헤드폰을 쓰고 식은땀을 흘리며 집중하고 있는 닥터 브레를 보며 중얼거렸다.

"하아, 할 수 없죠……. 닥터 브레 쪽에 부탁을 해볼 수밖에요."

음향 감독이 자리에서 일어나 닥터 브레를 보며 말했다.

"저 친구도 지금 죽을 맛일 겁니다. 이 정도 컨트롤을 실시간으로 해내고 있다는 것만으로 엄청난 거예요. 역시 닥터 브레답습니다. 하지만 지금 저 친구의 심정은 천 길 낭떠러지를 지팡이도 없이 중심을 잡으며 건너고 있는 기분일 겁니다. 그만큼 조금만 잘못해도 음악 전체를 망칠 정도로 아슬아슬하거든요. 부럽네요. 아무리 대단한 프로듀서라지만 이런 곡의 프로듀싱을 하는 것은 저 친구에게도 대단한 경험이 될 테니까요."

PD가 음향 감독의 말에 닥터 브레를 잠시 지켜보다가 카메라 감독에게 그를 찍으라는 지시를 보냈다. 모니터 화면을 통해 보이는 닥터 브레를 클로즈업하자 그의 이마에 맺힌 굵은

땀방울이 보였다.

엄청난 집중력으로 컨트롤을 하고 있는 브레를 본 PD가 고개를 끄덕였다.

"음향 감독님의 말씀이 맞는 것 같네요. 저 사람도 엄청나게 집중해야 가능한 일이군요."

닥터 브레의 집중하는 모습을 담아내던 카메라 감독의 눈이 이채를 발하며 카메라 위치를 옮겼다.

무대 중앙에서 지휘를 하던 건의 뒤로 평소의 모습과 다르게 검은 정장을 입고 선글라스를 쓴 스넵이 나타났다. 관객들이 환호를 보낼 만도 했지만, 너무나 아름다운 선율에 빠져 버렸는지 스넵 독이라는 대 스타의 등장에도 그저 조용히 무대를 바라보고만 있었다.

스넵이 마이크를 잡은 채 지휘를 하는 건의 어깨를 잡으며 마이크를 입으로 가져갔다.


네 몸의 움직임이 열쇠가 되게 해.

이제 넌 태양을 보고, 달을 찾아낼 수 있어.


스넵 특유의 부드럽고 리듬을 타는 랩핑이 오케스트라의 선율 위에 부드럽게 안착했다. 선호하는 G Funk 스타일을 오케스트라에 얹었지만, 전혀 거슬림이 없는 스넵의 랩핑에 많은 전문가가 고개를 끄덕였다.

스넵이 건의 어깨에 손을 올리고 선글라스를 살짝 내리고는 건을 째려보며 랩을 쏟아냈다.

난 특이함과 함께 다가가지.
어둠을 끌고 다가가는 꽤나 무례한 녀석.

건이 스넵의 가사에 피식 웃음을 터뜨리며 지휘를 계속해 나아갔다. 스넵이 건의 어깨에서 손을 내리고 무대 앞으로 다가가며 관객들을 손가락질했다.

여기 앞, 그리고 뒤에 있는 놈들을 위해 할 말이 있어.
그러니 그냥 닥쳐, 그리고 내가 이걸 들려줄 때 제대로 들어.

마지막 가사를 뱉으며 뒤로 돌아선 스넵이 건의 뒤로 빠져나가자 건이 왼 손을 높게 들었다가 대기하고 있던 미숀 쪽으로 휘둘렀다.

그와 동시에 미숀의 피아노가 다시 합세하며 이번에는 피아노가 연주를 끌어나가기 시작했다. 미숀은 연주에 합류하는 것과 동시에 노래를 시작했다.

사랑은 마치 태풍과도 같아.

태풍이 곧 모두를 산산조각낼 걸 알면서도.

그 거센 바람 아래서, 용감히 맞설 생각이 드니까.

삶이 만약 꿈에 불과하다면.

우리 중 누가 꿈을 꾸고 있는 걸까.

누가 소리를 지르며 깨어나게 될까.


건이 다시 기타 줄에 손을 얹자, 바이올리니스트와 첼로리스트가 일제히 준비 동작에 들어갔다. 건의 기타 소리는 첫 번째의 기타 연주와 완전히 달랐다.

맑고 고운 음색의 소리가 아닌 게인이 잔뜩 들어간 탁한 소리였다. 관객들이 조금 다른 소리를 내는 건의 연주를 듣고 고개를 갸웃하는 동안 힘이 빠진 얼굴로 자리에 앉아 있던 노먼 레브레히트가 자리를 박차고 일어났다.

몇 명의 카메라 감독이 노먼의 반응을 지켜보고 있다가, 그가 일어나자 카메라를 돌려 그의 모습을 화면에 담았다.

카메라에 비친 그의 모습은 엄청나게 놀란 얼굴이었다. 이마에서 식은땀을 흘리며 눈을 찢어져라 부릅뜨고 있는 그의 입가에 경련이 일어났다. 카메라가 그의 얼굴을 클로즈업하자 그가 중얼거리는 입 모양이 보였다.

"가…… 감정의 변화가 오고 있다. 곡이 변하고 있어!"

모니터로 그를 보고 있던 PD 역시 눈을 감고 음악에 집중했다. Verse 1이 아름다운 사랑을 노래했다면 Verse 2는 두려움이 연주되고 있었다. 사랑이 떠나가는 것에 대한 탁한 두려움으로 가득 찬 연주가 공연장에 울려 퍼지자, 건의 앞에 엉덩이를 대고 앉아 있던 파이가 슬픈 눈으로 하울링을 내기 시작했다.

관객들이 노래하는 아기 호랑이에게 시선을 집중하는 도중 음향 감독이 고개를 갸웃거렸다.

"어? 이건 한 마리가 내는 하울링이 아닌데?"

음향 감독이 증폭기를 여기저기로 대며 헤드폰에서 나오는 음량을 키웠다. 멀리 늑대 우리에서 몇십 마리의 늑대가 한꺼번에 지르는 하울링이 들려왔다. 음향 감독이 놀란 표정으로 PD에게 신호하자 PD가 달려왔다.

"감독님 왜요? 무슨 일 있어요?"

음향 감독이 황당하다는 표정으로 헤드폰을 벗어 내밀었다.

"들어보세요."

의아한 눈빛으로 음향 감독을 보던 PD가 헤드폰을 쓰고 잠시 집중을 하더니 마찬가지로 황당하다는 표정을 지으며 헤드폰을 벗고 말했다.

"뭐에요, 이거? 늑대 소리 같은데 설마 저 멀리 있는 늑대 우리의 동물들이 하울링을 내지르고 있는 건가요?"

음향 감독이 고개를 끄덕이며 말했다.

"늑대라는 동물은 기본적으로 자신과 같은 무리라고 인정한 자의 노래를 따라 하는 경향이 있지요. 케이가 평소에 동물들에게 노래를 해준 겁니다. 그로 인해 늑대들은 케이를 자신의 무리로 인정한 거고요. 그렇지 않다면 이렇게 일제히 하울링을 내지를 수 없어요."

PD와 음향 감독의 어이없다는 표정은 대화 내용은 그대로 카메라에 담기고 있었다.

건의 짧은 기타 연주는 많은 관객의 감정 변화를 일으키기에 충분했다. 다들 사랑하는 사람의 잡은 손을 더욱 꼭 쥐고 현재의 사랑을 놓치지 않고 싶어 했다.

그것은 서로의 마음이 같았는지 팔짱을 끼거나 손을 잡는 사람들이 늘어가기 시작했다. 이별에 대한 막연한 두려움이 관객들을 덮쳐갔기 때문이다.

노먼이 두리번거리며 그런 관객들의 반응을 지켜보고 있었다.

'관객들이 감정의 변화에 반응하고 있다! 전문가가 아닌 일반 관객들이!'

노먼이 무대 위에서 기타를 놓고 지휘를 하는 건을 노려보았다.

'보여라! 어디 더 보여줘 봐! 얼마나 갈 수 있을지 내 눈으로 반드시 확인하겠어!'

무대 위에서 연주자들과 눈을 맞추며 지휘를 하던 건의 표정이 점점 슬프게 변해갔다. 건의 손은 점점 빠르게 연주를 이끌어가고 있지만, 곡이 주는 감정에 빠진 건의 눈에 조금씩 눈물이 고였다.

이 현상은 건을 주시하며 연주하고 있던 여성 바이올리니스트들을 시작으로 연주자들에게 빠르게 퍼져나갔다. 건과 가장 가까이 있던 여성 바이올리니스트의 눈물이 바이올린 위로 떨어졌다.

첼로이스트가 잡고 있던 키가 조금씩 떨려왔다. 피아노를 연주하고 있던 미숀이 고개를 들자 안경 아래로 한줄기의 눈물이 흘러내리고 있는 것이 보였다. 그는 울고 있지만, 너무나 큰 환희를 느끼고 있는 듯 눈물을 흘리면서도 얼굴 가득 환한 미소를 짓고 있었다.

미숀이 감은 눈을 뜨고 어두운 하늘에 한두 개씩 보이는 별 사이로 환각을 보았다.

'아버지!'

미숀의 눈에 하늘 위에서 환한 미소를 보내며 웃고 있는 존 레논의 모습이 보였다. 하늘을 보며 크게 웃음 짓는 미숀의 모습에 몇 명의 관객이 자기도 모르게 하늘을 보았다.

까만 밤하늘 속에 울려 퍼지는 선율과 음악이 주는 감정에 젖은 관객들이 하나둘씩 손수건을 꺼내 눈물을 닦아내고 있었다.

노먼이 몸을 일으킨 채 무대를 노려보다 스스로에게 놀랐다.

'어? 눈물? 내가 눈물을 흘린다? 나 노먼 레브레히트가?'

노먼이 자신도 모르게 한쪽 눈에서 흘러나온 한줄기 눈물을 닦아낸 손을 보며 놀란 표정을 지었다.

'음악을 듣고 분석하지 아니하고 순수하게 감동해 보는 것이 얼마 만이냐.'

그랬다. 비평가의 일을 시작하며 단지 음악이 좋아 찾아 듣던 초기의 자신과는 달리 분석하고, 쪼개보며 장점과 단점, 그리고 음악이 만들어진 배경과 표현되는 감정들을 나열하기 시작한 노먼은 순수하게 음악이 주는 감동에 젖어본 것이 무척 오래전 일이었다.

악기를 배운 후 음악을 들으면 악기별로 음악이 따로 들리기도 한다. 음악을 분석하기 시작하는 시점부터 음악 자체가 주는 감동은 작아지게 마련이다.

노먼은 자신을 음악을 좋아하던 순수한 청년의 감정으로 되돌려 준 건을 보며 입술을 떨었다.

'내 남은 평생은 케이 널 따라다니며 지켜보는 데 쓰겠다. 나

에게 너는 인생의 제2막이 될 수 있겠구나.'

무대 위에서 하늘을 보며 웃음 짓던 미슌의 입에서 마지막 후렴구가 흘러나왔다.


만약 내가 오늘 밤 이별을 맞이해야만 한다면.

그건 너와 함께했으면 해.


동시에 건이 마이크를 잡고 미슌의 노래 뒤에 화음을 넣었다. 단지 '나나나'라는 단순한 허밍으로 이루어진 화음이었지만 그것은 곡의 감정이 주는 슬픔을 극대화 시켰다.


미련 따윈 남기지 마라.

약한 모습 보이지 말아줘.

넌 나를 떠나가야 하잖아.

우리 헤어지기 전, 서로 나름 좋은 시간을.


미슌의 마지막 가사를 끝으로 모든 악기가 연주를 멈추었고, 미슌의 피아노 소리만이 공연장을 울렸다. 점점 작아지는 연주를 하던 미슌의 손이 멈추고, 그가 고개를 떨구었다.

그랜드 피아노의 건반 위에 미슌의 눈물이 떨어졌다. 몸을 부르르 떨며 자신이 한 공연에 대한 만족감에 희열을 느끼던 미숀이 자리에서 일어나 건에게 다가갔다.

건이 그런 미숀을 보며 환하게 웃었다. 양손을 들어 미숀에게 내밀자 미숀이 달려와 건을 안았다.

무대 중앙에서 서로를 부둥켜안은 두 남자 중 너무나 아름다운 소년의 얼굴에는 행복한 웃음이, 하얀 얼굴에 안경을 쓴 남자의 얼굴에는 뜨거운 눈물과 희열이 담겨 있었다.

관객들은 음악이 끝나고 박수를 칠 생각도 할 수 없었는지 모두 멍하니 그런 두 남자를 보고 있었다.

건이 미숀을 부둥켜안은 채 자신에게 달려오는 닥터 브레를 보고는 웃음을 머금고 다른 한 손을 내밀었다. 브레가 건의 다른 한쪽 어깨를 안으며 말했다.

"최고였어! 내 인생에 최고의 경험이었다, 케이!"

얼싸안은 세 명의 남자 뒤에서 선글라스를 쓴 스넵이 고개를 내밀며 말했다.

"이 자식들아. 비중이 작았어도 나도 있었어. 나도 끼워 줘."

스넵이 뒤에서 손을 뻗어 건을 백허그하자 건이 더 큰 웃음을 지었다. 드미안 말리가 퍼커션 앞에서 하늘을 바라보았다. 미숀이 하늘에서 존 레논을 보았듯 그 역시 아버지를 떠올리고 있었다.

'아버지, 오늘따라 무척 보고 싶네요. 이 공연을 아버지께 보여드릴 수 있었다면 참 좋았을 텐데요……'

연주자들이 각자 악기를 놓고 건의 주위로 몰려들었다. 연주가 끝나면 관객들에게 먼저 인사하는 것이 예의였지만 아무도 그런 것은 신경 쓰지 않는 듯했다.

얼굴이 눈물범벅이 된 바이올리니스트도, 마스카라가 검게 번져 버린 첼로리스트도 모두 함박웃음을 지으며 건의 주위로 몰려들었다.

브레가 주위로 몰려드는 연주자들을 보며 소리쳤다.

"헹가래 합시다!"

브레의 말에 남자 연주자들이 일제히 건에게 들러붙었다. 살짝 당황하며 번쩍 들려진 건이 외쳤다.

"아! 제발 너무 높지 않게 해주세요!"

연주자들이 익살스러운 웃음을 지으며 외쳤다.

"하나, 둘, 셋! 영차!"

연주자들이 젖 먹던 힘까지 내어 건을 하늘 높이 던졌다. 너무 높이 던져진 건이 비명을 지르자 아래에서 불안한 눈빛으로 보고 있던 파이가 으르렁거렸다.

그 소리를 듣자 관객들이 하나둘씩 깨어나기 시작했다. 관객들이 잠시 넋을 잃었던 스스로가 신기했던지 서로를 바라보며 입을 벌렸다.

자리에 서서 끝까지 공연을 보던 노먼이 손을 들어 천천히 박수를 쳤다.

짝, 짝, 짝!

관객들의 시선이 박수를 치는 노먼에게 집중되자, 하나둘씩 박수를 치기 시작하는 관객들이 늘어나고 박수와 환호의 물결이 동물원 공연장을 휩쓸었다.

"와아! 최고의 공연이었어!"

"내 인생 최고의 공연이었어요! 휘이익!"

"꺄아아악! 너무 행복했어요!"

관객들이 환호를 보내자 건을 공중에 던지고 있던 연주자들이 건을 내려주었다. 손을 들어 답례할 만도 했지만 연주자들은 건이 옷매무새를 만지며 앞으로 나설 때까지 조용히 건을 보고 있었다.

건이 앞으로 나서며 손을 들자 그제야 고개를 숙여 인사하는 연주자들의 입에 함박웃음이 번졌다. 관객들이 건과 연주자들의 인사에 더 큰 환호를 보내고 그 박수가 끊이지 않자 무대를 가리고 있던 커튼이 서서히 닫혔다.

아쉬운 마음에 앵콜을 외치려던 관객들이 시계를 보고는 동물들의 휴식을 방해하지 않으려는지 박수만 보냈다. 커튼이 완전히 닫힌 후에도 한동안 박수를 쳐대던 관객들이 자리에서 일어나 동물원을 벗어나기 시작했다.

밤의 동물원에서 이루어진 공연으로 인해 아직 잠이 들지 못한 동물들이 퇴장하는 관객들을 지켜보고 있었다. 카메라와 기자들이 좌석을 빠져나가는 관객들을 멍한 눈으로 보고 있는 노먼에게 몰렸다.

노먼에게 마이크를 한 뭉텅이 쥐여준 기자가 물었다.

"노먼 씨. 오늘 공연에 대해 한 말씀 부탁드립니다."

노먼이 멍한 표정으로 닫힌 커튼을 보고 있자, 기자가 말했다.

"노먼 씨?"

그러자 정신을 차린 노먼이 자신을 둘러싼 기자와 카메라를 힐끗 본 후 말했다.

"당신들도 모두 들었지 않습니까? 더 이상 무슨 말이 필요한가요?"

기자들이 언뜻 할 말이 생각나지 않아 머뭇거렸지만 한 컷이라도 더 따내기 위한 그들의 노력은 노먼에게 들이민 마이크를 더욱 그에게 내밀고 있었다. 노먼은 자신에게 더욱 다가오는 마이크들을 보며 인상을 찌푸린 후 말했다.

"두말할 것 없이 최고의 공연이었습니다. 이 노먼 레브레히트가 말합니다. 감히 제가 살면서 본 최고의 공연이라고요. 이상입니다."

마이크 뭉텅이를 가까운 기자에게 떠넘긴 노먼이 황급히 자리를 떠 무대 뒤로 갔다. 무대 뒤쪽으로 향하는 길에는 이미 기자들이 가득했지만, 동물원 경비원들이 그들을 막아 세우고 있어 들어갈 수 없었다.

경비원들이 크게 소리를 지르며 기자들을 밀어냈다.

"여기는 동물원입니다! 여러분께서 이러시면 동물들이 쉴 수 없어요, 퇴장해 주시기 바랍니다! 인터뷰 요청은 차후 개별적으로 부탁 리겠습니다. 연주자들과도 공연전에 미리 이야기를 해 두었기 때문에 인터뷰 요청은 받아들여지지 않을 것입니다."

기자들이 막무가내로 밀고 들어가다가 경비원의 말을 듣고 잠시 고민하더니 하나둘씩 자리를 뜨기 시작했다.

회사를 통해 정식으로 인터뷰 요청을 하라는 말을 하며 부산하게 짐을 챙기는 PD들과 기자들이 자리를 뜨는 것을 보던 노먼이 경비원에게 다가가자 경비원이 손을 내밀어 그를 멈추어 세웠다.

"방금 말씀드린 내용이 이해되지 않으십니까?

노먼이 고개를 끄덕이며 차분하게 말했다.

"이해는 되었습니다. 단 한 가지 말만 케이에게 전해주실 수 없겠습니까?"

경비원이 고개를 갸웃한 후 물었다.

"무슨 말인가요? 말씀해 보세요."

노먼이 진중한 표정으로 말했다.

"영국에서 만난 노먼 레브레히트가 이렇게 말했다고 전해주세요. '평생 케이라는 뮤지션이 밟아갈 미래를 따라 걷겠다'라 고요."

경비원이 잠시 노먼을 본 후 천천히 고개를 끄덕이며 말했 다.

"분명히 전해드리겠습니다."

노먼이 고맙다는 듯 경비원과 악수를 한 후 동물원을 나섰 다. 무대 뒤에서 한참 흥분에 젖어 떠들어대던 연주자들도 관 객들과 기자들이 모두 동물원을 빠져나갔다는 소식을 듣자 각자의 악기들을 챙기기 시작했다.

부산하게 무대를 정리 중인 연주자들에게 스넵이 호쾌하게 외쳤다.

"오늘은 늦었고, 내일은 클럽 빌려서 다 같이 파티합시다! 내 가 쏩니다!"

"와아!"

"최고예요! 와, 내가 스넵 독이 주최하는 파티에 가게 되다 니! 여자 친구 데려가도 되나요?"

"여자 친구 데려올 거면 친구 하나씩 더 데려와요! 그럼 환 영합니다!"

"와하하하하!"

스넵이 옆에서 웃고 있던 건에게 시선을 주었다. 건은 스넵 이 자신을 보자 몸을 움찔했다.

스넵이 다가와 건을 내려다보며 말했다.

"공연 끝났다고 지난번처럼 자메이카로 사라지면, 그땐 내 전용기에 기관총을 실어서 자메이카로 간다."

건이 어색한 웃음을 흘리며 몸을 뒤로 뺐다.

"아, 아, 아하하, 네, 스넵. 아, 알았어요. 꼭 갈게요."

스넵이 진위를 파악하는 듯 한참 건을 노려본 후에야 브레와 함께 무대를 벗어났다.

많은 연주자가 떠나고 건의 옆에 서서 그들을 바라보던 미숀이 건의 어깨를 잡았다.

"케이, 분명 넌 아버지가 내게 보낸 천사일 거야. 난 그렇게 생각해."

건이 웃음을 지으며 고개를 저었다.

"글쎄, 난 그렇게까지 착한 사람은 아니라서, 하하."

미숀이 다시 한번 건을 안아주며 조용히 말했다.

"정말 고맙다, 케이. 네게 무슨 일이 있으면 언제든 연락해. 도움이 필요할 때면 반드시 연락하고"

건이 미숀의 등을 두드려 주며 말했다.

"응, 미숀. 나중에 모른 척하기 없기야."

미숀이 포옹했던 손을 풀고 건과 눈을 마주치고 웃어준 후 자리를 떴다. 모두가 떠나가고 홀로 무대에 남은 건이 발 앞에 앉아 자신을 올려다보고 있는 리키와 파이를 안아 올렸다.

"웃차! 우리 아기들. 너무 늦었지? 이제 자러 가자, 아 참, 다른 동물들도 아직 못 자고 있을 테니까, 오늘도 노래해 줘야지? 너희 먼저 재우고 다녀올 테니 걱정하지 마. 자, 가자!"

하쿠를 챙겨 든 건이 가장 마지막으로 텅 빈 무대를 떠났다.

다음 날. 새벽부터 일어나 언제나처럼 동물원의 일을 돕고 난 건이 동물원을 나섰다.

모자와 마스크로 얼굴을 가린 건이 뉴욕 프레즈비테리언 병원으로 향했다. 택시에서 내린 건이 병원의 외관을 보며 한숨을 쉬었다.

'에일리가 괜찮아야 할 텐데.'

병원에 들어간 건이 로비에서 에일리의 병실을 확인한 후 병실에 앞에 다가가자 병실 밖 의자에 앉아 있는 네미넴이 보였다. 잠시 고민하던 건이 네미넴에게 다가가자 팔짱을 끼고 바닥을 보고 있던 네미넴이 고개를 들고 건을 보았다.

"어, 왔어? 공연은 잘 끝났고?"

건이 어색한 표정으로 말했다.

"네, 에일리는 좀 어때요?"

네미넴이 한숨을 쉬며 말했다.

"아직은 잘 모르겠어. 목에 난 상처는 별거 아닌 찰과상 정도라 약 바르면 낫는다는데 정신적인 충격이 상당했는지 말을 하지 않네. 그래도 며칠 만에 많이 나아진 거야. 처음에는 간호사만 다가와도 비명을 질렀거든. 지금은 그래도 내가 다가가도 놀라지는 않아. 말을 안 할 뿐이지."

건이 미안한 표정을 지으며 말했다.

"저 때문에 죄송해요."

네미넴이 앉은 채 몸을 뒤로 젖히며 말했다.

"휴, 솔직히 처음에는 원망스러웠다. 그런데 스넵이 와서 말을 해주더라고, 네 탓이 아니라고 말이야. 정황을 들어보니 너도 피해자더군. 그러니 미안해하지 않아도 돼."

건이 병실 문에 난 창으로 안을 들여다보며 말했다.

"에일리는 일어났나요?"

"응, 아까 일어나서 아침 먹었어."

"제가 들어가 봐도 될까요?"

네미넴이 잠시 고민스러운 표정을 짓더니 일어나 병실 창문으로 에일리를 살펴본 후 말했다.

"그래, 들어가 봐. 대신 조금이라도 이상한 낌새가 보이면 바로 날 부르고."

건이 고개를 끄덕인 후 병실 문에 노크를 하고 문을 열었다.

병실 안은 1인실이었는지 침대가 하나뿐이었다. 에일리는 침대에 앉은 채 창밖을 바라보고 있어, 건에게는 뒷모습만이 보였다.

건이 에일리가 앉은 침대로 다가가 잠시 그녀의 뒷모습을 바라보다 어렵게 입을 떼었다.

"저…… 에일리. 나 왔어."

에일리의 어깨가 조금 움찔거리더니 천천히 몸을 돌려 건을 바라보았다. 며칠 만에 본 에일리는 밝고 아름다웠던 에일리의 모습이 아니었다.

초췌하고 파리한 안색의 에일리가 건을 보고는 슬픈 미소를 지었다. 건이 그런 에일리의 모습에 말을 잇지 못하고 머뭇거리자 에일리가 갈라진 음색으로 말했다.

"왔구나. 공연은 잘했어?"

건이 선 채로 에일리를 내려다보며 말했다.

"응……. 그동안 계속 와보려고 했는데, 네가 아직 사람을 만날 준비가 안 되었다고 하더라. 너무 늦게 왔지?"

에일리가 고개를 저으며 말했다.

"아니야, 나도 어제가 되어서야 겨우 정신을 차렸는걸. 빨리 왔어도 못 만났었을 거야 아마."

에일리가 머뭇거리는 건을 보며 손으로 침대를 톡톡 치며 말했다.

"여기 앉아."

건이 에일리를 보며 잠시 고민스러운 표정을 짓다가 그녀의 옆에 조심스럽게 앉았다. 에일리가 바라보던 창밖 풍경을 보던 건이 깊게 한숨짓는 에일리의 숨소리를 듣고 그녀의 옆 모습을 보았다.

"케이, 있잖아……."

건이 조용히 그녀의 말을 기다리자, 한참 머뭇거리던 그녀가 입을 열었다.

"나 너 많이 좋아했어. 아니, 지금도 좋아해."

잠시 숨을 고른 그녀가 살짝 고개를 숙이며 말했다.

"그런데, 나 지금은 좀 많이 힘들어서 너에게 더 다가갈 수가 없어. 넌 아직 날 여자로 보고 있지 않다는 걸 알아서 빨리 네게 다가가야 놓치지 않을 거라는 건 잘 알지만, 지금은 그러지 못할 것 같아."

건이 슬퍼 보이는 그녀의 옆모습을 보다 흐트러진 머리를 매만져 주려고 손을 들었다. 고개 숙인 그녀의 머리 근처까지 손을 뻗었던 건이 멈칫한 후 그대로 손을 내렸다.

그런 건의 모습을 보지 못하고 고개를 숙인 채 바닥을 보던 에일리가 슬픈 눈으로 고개를 들어 건을 보았다.

"있잖아, 만약에 내가 나아졌을 때 그때도 네가 혼자라면 나 그때라도 네게 다가가도 될까?"

건이 슬픈 눈으로 자신을 바라보는 에일리를 보며 조용히 고개를 끄덕이자, 슬픈 그녀의 얼굴에 미소가 지어졌다.

"나중에 너무 늦었다고 돌아봐 주지 않으면 안 돼. 약속한 거야."

"응, 에일리. 약속할게."

"그래, 고마워. 나 이제 검사받을 시간이야, 아빠 좀 불러줄 래?"

"아, 그래. 나 다음에 또 올게."

"아니야, 이제 오지 마."

"응? 왜?"

"빨리 나아서 너한테 더 빨리 다가갈 거야. 그때까지 온 힘을 다해서 치료받고 싶어. 그러니 오지 말아줘."

"아…… 응, 알았어. 에일리. 기다릴게."

건이 일어나 문을 향해 걸어가다 멈추고 에일리를 바라보았다. 무슨 말이든 더 해주고 싶었지만 슬픈 미소를 띠고 자신을 바라보던 에일리에게 입이 떨어지지 않았던 건이 다시 뒤를 돌아 병실 문을 열고 나왔다. 밖에서 기다리던 네미넴이 건에게 말했다.

"왜 이리 빨리 나와? 무슨 일 있어?"

건이 고개를 저으며 말했다.

"아니에요, 아무 일 없었어요. 검사받을 시간이라 그렇다고 하네요."

"아, 그렇지. 맞아 검사 시간이네. 내가 데리고 갈 테니 넌 걱정하지 말고 들어가. 다음에 또 보자."

병실 문을 열고 들어가는 네미넴의 뒷모습을 보던 건이 슬픈 미소를 머금으며 고개를 저었다.

잠시 그 자리에서 병실 창문으로 두 사람을 지켜보던 건이 병원 밖으로 나와 전화기를 들었다.

**제프리 형사님.**

건이 전화를 받았다.

"네, 형사님. 안녕하세요?"

"아, 케이 씨. 제프리입니다."

"네, 형사님 알고 있어요. 사브리나 씨는 어떻게 됐나요?"

"네, 안 그래도 알려드리려고 전화 드렸습니다. 사브리나 씨가 항소를 포기했어요."

"항소를요?"

"네, 살인미수죄까지 포함되어 중벌을 면치 못할 텐데 집안도 좋은 아가씨가 변호사도 선임하지 않고 모든 죄를 인정했습니다. 조금 특이한 경우네요. 이런 경우에는 보통 변호사를 선임해서 조금이라도 형량을 줄이려고 노력하거든요. 특히 사브리나 씨는 명문 집안이라 당연히 이런 시도를 할 것이라고 생각했는데 말이죠."

"음…… 그렇군요."

"본인에게 물었더니 케이 씨 이야기를 하더군요. 체포될 당시 당신과의 대화에서 많은 것을 느꼈던 것 같습니다. 죄책감을 좀 느끼는 것 같으면서도 뭔가 이상하게도 홀가분한 표정이었어요."

"네……."

"곧 재판이 있을 겁니다. 범죄에 직접적인 연관이 없으시고 저희 쪽에서 증거물을 모두 확보하고 있어서 케이 씨가 재판장에 오실 일은 없을 겁니다만, 서류는 작성해야 하니 경찰서로 방문해 주세요."

"네 언제까지 가야 할까요?"

"재판이 시작되기 전에만 오시면 됩니다. 아마 일주일 내로만 방문해 주시면 될 것 같아요."

"네 형사님. 수고 많으셨어요. 감사했습니다."

"아닙니다. 아참, 사브리나 씨는 아마 징역 3년 이상은 받게 될 겁니다. 살인미수에 스토커에 밤 8시 이후에 벌어진 일이라 특수범죄 가중처벌까지 받게 될 테니까요."

"네…… 알겠습니다, 형사님. 알려주서서 감사해요."

"네, 그럼 경찰서에서 뵙죠."

전화를 끊은 건이 잠시 자리에 서서 한숨을 지었다. 한참을 그렇게 병원 앞에 우두커니 서 있던 건이 택시를 타고 줄리어드로 향했다.

학교에 들어선 후 모자와 마스크를 벗자 또다시 학생들이 몰려들었다. 기분이 좋지 않았던 건이 몰려드는 학생들을 헤치며 샤론 교수의 교수실 앞에서 노크했다.

똑, 똑.

"네, 들어오세요."

건이 문을 열자 소파에 앉아 차를 마시며 서류를 보던 샤론이 놀란 눈으로 벌떡 일어났다.

"케이! 세상에! 괜찮아요? 걱정했어요."

샤론이 달려와 건의 몸 이곳저곳을 살펴보며 호들갑을 떨자 건이 힘없이 웃으며 말했다.

"저…… 오늘은 위로가 좀 필요한 것 같아요, 교수님."

샤론이 신중한 표정으로 건의 눈을 바라보다 몸을 돌리며 말했다.

"기분이 나쁠 땐 허브차가 제격이죠. 앉아요, 솜씨 한번 부려볼게요."

건이 소파로 다가가 털썩 주저앉자 그 모습을 보던 샤론이 차를 타기 위해 티 테이블로 다가갔다. 소파에 앉은 건을 힐끗 보며 차를 타던 샤론이 조심스럽게 물었다.

"네미넴의 딸이라고 했죠? 이름이…… 에일리였던가요? 그

분은 좀 어때요?"

건이 머리가 아픈지 미간을 만지며 말했다.

"방금 보고 왔어요. 상태는 괜찮긴 한데, 아무래도 한동안 얼굴 보기는 어려울 것 같아요. 마음의 병이라 치료에 시간이 좀 걸릴 것 같아요."

샤론이 차를 가져와 건의 맞은편에 앉으며 말했다.

"들어보세요. 허브 티 중에 '라벤다'로 만든 차예요. 스트레스에 좋답니다."

가만히 찻잔을 들어 조금씩 마시는 건을 보며 샤론이 말했다.

"사랑에 빠지는 것은 매우 간단하지만, 사랑에서 떨어져 나가는 것은 매우 끔찍하지요. 에일리라는 분도 그런 느낌을 받고 계시는 건가요?"

건이 차를 한 모금 마신 후 고개를 저었다.

"그건 아니에요. 하지만 서로 얼굴을 보지 않고 시간이 흐르면 마음은 차차 정리되게 되겠죠."

"건도 에일리에게 마음이 있었나요?"

"음…… 잘 모르겠어요. 아직은 그냥 친한 이성 친구 정도였던 것 같아요."

"그렇군요. 사랑이라는 것은 언제 어느 때 시작될지 아무도 모르는 것이니 단지 하나의 기회가 사라진 것뿐이라고 생각하세요."

"네, 교수님."

"사브리나는 어떻게 되었나요? 레온틴 교수님께서도 걱정하시던데."

"형사님 말로는 살인미수까지 적용되어서 중벌을 받게 될 것이라고 하더군요."

"음, 우리 학생이라 조심스럽긴 하지만 그건 다행이네요. 중벌이라면 징역도 꽤 오래 살겠군요. 시간이 지나면 케이에게로 향했던 그녀의 마음도 좀 정리될 것이에요. 최고의 와인이 강한 식초로 바뀌듯이, 가장 깊었던 사랑이 가장 무서운 증오로 바뀌는 법이죠. 너무 빨리 나온다면 그 마음이 희석되지 않아 케이에게 해를 끼치게 될 수도 있어요."

"그럴까요? 형사님 말씀으로는 모든 죄를 인정하고 변호사도 선임하지 않았다고 하던데."

"그래요? 음…… 그건 다행이네요."

샤론이 마시던 차를 테이블에 내려놓으며 말했다.

"앞으로 케이도 살아가며 사랑이란 걸 하게 될 날이 오게 될 거예요. 앞으로 당신의 모든 마음을 사랑에 걸지 말아요, 사랑은 단지 고통으로 끝날 수도 있는 법이니까요. 사브리나처럼."

건이 조금 슬퍼진 얼굴로 말했다.

"예전에 읽은 책에 이런 구절이 있었어요. '사랑은 미소와 함께 시작하고, 키스와 함께 자라나고, 눈물과 함께 끝이 난다' 사실 그때는 와닿지 않았어요, 단지 아름다울 것 같기만 했거든요. 제가 직접 겪은 일은 아니지만 사브리나를 보며 사랑이라는 것이 그저 아름답기만 한 것은 아니란 걸 알게 되었어요."

샤론이 그런 건을 잠시 바라보다 미소 지었다.

"조금 더 성장했네요, 케이. 음악인이 아니라 하나의 사람으로서. 자, 이런 때는 다른 것에 집중하는 것이 가장 좋은 처방전이에요."

건이 힘없이 웃으며 물었다.

"설마 이런 분위기에 숙제를 주시려고요?"

샤론이 웃으며 말했다.

"물론이죠. 학생이 가장 어려워하는 부분에 해결책을 찾는 것에 도움을 주는 것이 바로 교수입니다. 방금 말했듯이 지금 케이에게 가장 좋은 해결책은 또 다른 배움을 향한 집중이고요."

건이 피식 실소를 지으며 말했다.

"어차피 미션 내 주실 때 된 것 같아서 온 거예요. 이번엔 어떤 미션인가요?"

샤론이 소파에 앉아 팔짱을 끼며 말했다.

"사실 케이가 공연 때문에 몇 주 학교를 빠져서 몰랐겠지만, 기타 학과 학생들에게는 지난주에 이미 새로운 미션이 나갔습니다."

"아, 그렇군요. 제가 좀 늦었네요. 이번 미션은 뭐에요?"

샤론이 웃음을 지으며 말했다.

"블루 노트를 완성하라."

건이 눈을 살짝 치켜뜨며 말했다.

"블루 노트요? 블루스의 기타 스케일 말씀이세요?"

샤론이 웃음을 지으며 고개를 끄덕였다.


To Be Continued

# 힐통령
## 태양의 사제

제리엠 게임판타지 장편소설

WISHBOOKS GAME FANTASY STORY

"착하긴 뭐가 착해? 저런 퀘스트를 하는 건 착해서가 아니고
그냥 호구인 거야. 호구."

등 뒤에서 멀어지는 소리에
카이가 슬쩍 그들을 돌아봤다.

'내가 호구라고? 설마.'

[곤경에 처해 있는 NPC에게 선행을 베풀었습니다.]
[선행 스탯이 1 상승합니다.]

착한 일을 하면 보상이 따라온다?!

계산적이지만 그래서 더 선행을 할 수밖에 없는
힐이면 힐, 딜이면 딜.
**힐통령 카이의 미드 온라인 정복기!**

맛김 현대 판타지 장편소설

WISHBOOKS MODERN FANTASY STORY

# 책 먹는 배우님

"재희야, 너는 왜 대본을 항상 두 권씩 챙기냐?"

하나는 촬영장에 들고 다니며 남들에게 보여주는 용도,
또 다른 하나는

[드라마 〈청춘열차〉가 흡수 가능합니다.]
[대본을 흡수하시겠습니까?]

내가 먹을 용도로 쓰인다.
나는 대본을 집어삼켜, 오로지 내 것으로 만든다.

## 책 먹는 배우님

대본을 101% 흡수할 수 있는 배우,
재희의 이야기.

la vie d´or
고광(高光) 현대 판타지 장편소설
WISHBOOKS MODERN FANTASY STORY

천재 과학자 고요한,
인생의 역작 타임머신을 개발해 냈다!

이미 늙을 대로 늙어버린 이 몸은 버리고
과거의 자신에게 모든 데이터를 보낸다.

"나의 전성기는 더욱 찬란해질 것이다!"

그런데 레버를 당기는 순간……!
-데이터 전송지: 1987년 8월 5일 김대남(金大男) 18세.

"안, 안 돼……! 내가 아니잖아!"

la vie d'or : 황금빛 인생

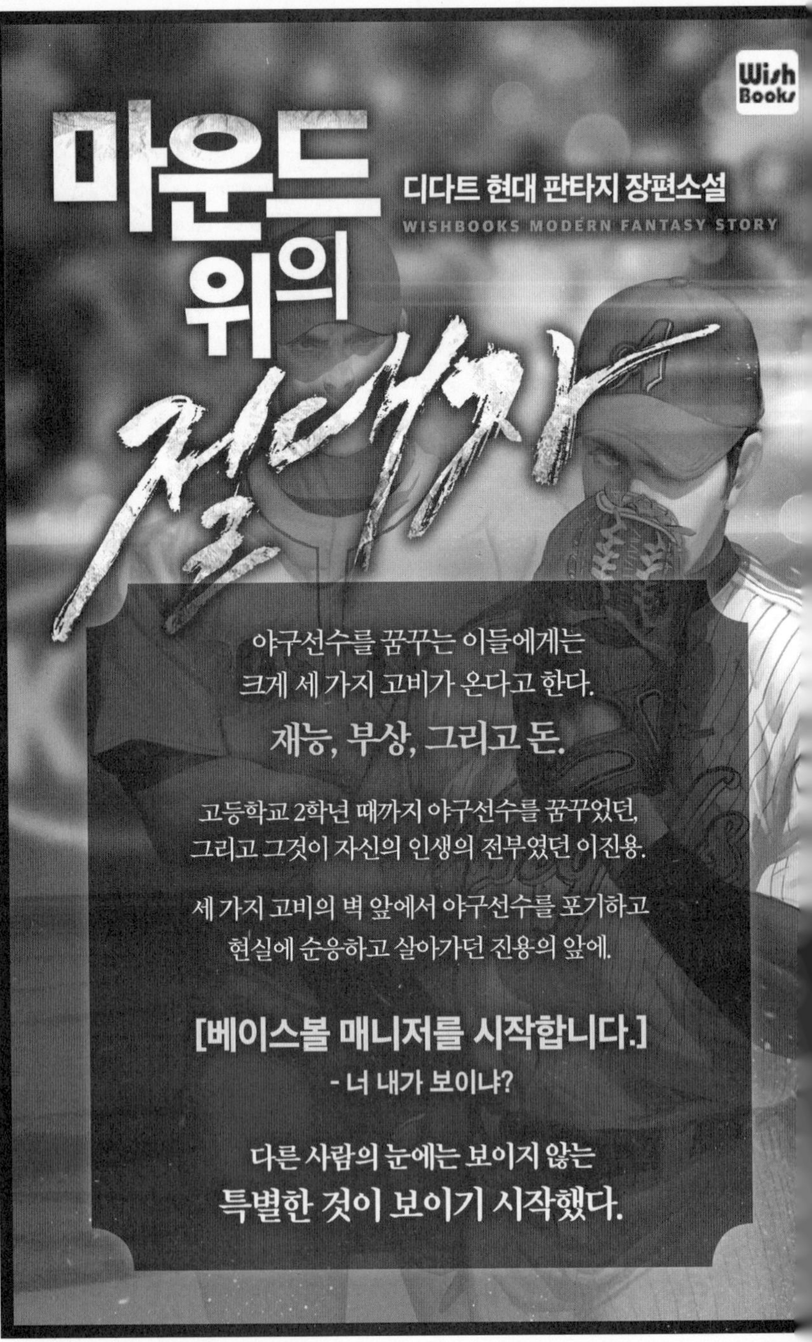
Wish Books
마운드 위의 절대자
디다트 현대 판타지 장편소설
WISHBOOKS MODERN FANTASY STORY
야구선수를 꿈꾸는 이들에게는
크게 세 가지 고비가 온다고 한다.
재능, 부상, 그리고 돈.
고등학교 2학년 때까지 야구선수를 꿈꾸었던,
그리고 그것이 자신의 인생의 전부였던 이진용.
세 가지 고비의 벽 앞에서 야구선수를 포기하고
현실에 순응하고 살아가던 진용의 앞에.
[베이스볼 매니저를 시작합니다.]
- 너 내가 보이냐?
다른 사람의 눈에는 보이지 않는
특별한 것이 보이기 시작했다.